Der unheimliche Mönch

1

O'Shea war schon die ganze Nacht in entsetzlicher Stimmung gewesen. Aufgeregt lief er den Wiesenhang auf und ab, sprach halblaut mit sich selbst, gestikulierte, als ob er vor einer großen Versammlung redete, und lachte nervös über irgendwelche unverständlichen Witze. Als der Morgen graute, fiel er über den kleinen Lipski her und schlug ihn mit einem Fausthieb zu Boden, einfach, weil Lipski es gewagt hatte, sich gegen das Verbot eine Zigarette anzustecken. Brutal hatte O'Shea ihn niedergestreckt. Die beiden anderen, die dabei waren, hatten sich nicht getraut, ihn daran zu hindern.

Joe Connor lag der Länge nach im Gras, kaute an einem Halm und beobachtete den ruhelosen Chef mit düsteren Blicken. Auch Marks, der mit untergeschlagenen Beinen neben seinem Kameraden saß, schaute, ein spöttisches Lächeln im Gesicht, nach ihm hin.

»Heute ist er wieder einmal glatt verrückt«, sagte Joe Connor leise. »Wenn er diesmal die Sache hinkriegt, ohne daß wir für den Rest unseres Lebens hinter Schloß und Riegel wandern, haben wir Glück.«

Marks feuchtete die trockenen Lippen mit der Zunge an.

»O'Shea ist am glänzendsten, wenn er so verrückt ist.« Marks hatte eine kultivierte Stimme. Seine Bekannten erzählten, daß er Theologie studiert hätte, bevor er anfing, seinen Lebensunterhalt auf bequemere Art zu verdienen. »Trotzdem braucht er seine Kumpane nicht derart niederzuschlagen, das ist doch Blödsinn. Dieser Lipski stöhnt so infam – kannst du nicht dafür sorgen, daß er das Maul hält?«

Joe Connor bewegte sich nicht. Er sah nur zu Lipski hinüber, der auf dem Boden lag und abwechselnd stöhnte und fluchte.

»Der wird sich schon wieder fassen«, antwortete Connor gleichgültig. »Je mehr Prügel er kriegt, desto mehr Respekt hat er vor O'Shea.« Er rückte ein wenig näher zu seinem Kameraden hinüber und fragte leise: »Hast du je einmal O'Shea deutlich gesehen? Ich meine – sein Gesicht?«

»Nein, noch nie, und dabei habe ich doch schon dreimal mit ihm gearbeitet.«

»Eben. Immer hat er diesen Mantel an, genau wie heute, den Kragen hochgeschlagen, den breitkrempigen schwarzen Hut ins Gesicht gezogen. Ich hätte nie gedacht, daß es einen solchen Verbrecher überhaupt gibt – ich dachte, so etwas wäre nur auf der Bühne zu sehen. Das erstemal, als er mich rufen ließ, traf ich ihn in der St. Alban's Road um zwölf Uhr nachts. Ich bekam sein Gesicht nicht zu sehen, aber er wußte alles von mir, wie oft ich verurteilt worden war, und dann setzte er mir auseinander, wozu er mich brauchte.«

»Und vor allem hat er dich gut bezahlt«, meinte Marks, als Joe eine Pause machte.

»Er zahlt wirklich ausgezeichnet, und er holt sich seine Leute immer auf die gleiche Art und Weise.«

Marks spitzte die Lippen, als ob er pfeifen wollte. Er sah wieder zu O'Shea hin, der keinen Moment zur Ruhe kam.

»Ja, er ist verrückt, aber er zahlt gut. Und diesmal wird er noch besser zahlen!«

Connor sah auf.

»Zweihundertfünfzig Pfund Belohnung und fünfzig Pfund, um wegzukommen, nenne ich eine anständige Bezahlung.«

»Und ich sage dir, diesmal zahlt er mehr. Die Geschichte, zu der er uns hier braucht, ist zu einträglich, als daß er's nicht könnte. Glaubst du, ich steuere ein Lastauto mit dreitausend Kilo australischen Goldstücken durch die Straßen Londons und riskiere, dafür an den Galgen zu kommen – nur für schäbige zweihundertfünfzig Pfund und das bißchen Geld für die Reise? Ich denke nicht daran!«

Er stand auf und klopfte seine Hose sauber. Von O'Shea sah man im Augenblick nichts. Er war auf die andere Seite des Hügels gegangen und stand wahrscheinlich hinter der Hecke, die in einem großen Halbbogen die Wiese teilte.

»Drei Tonnen Gold, das ist mehr als eine halbe Million Pfund. Wir müssen mindestens zehn Prozent davon bekommen.«

Connor grinste. Mit einer Kopfbewegung wies er auf Lipski, der noch immer stöhnte.

»Willst du den auch ins Vertrauen ziehen?«

»Ich glaube, das ist überflüssig.«

Marks schaute sich um, ob etwas von O'Shea zu sehen sei, dann legte er sich wieder auf den Boden neben seinen Kameraden.

»Ich wundere mich nur«, flüsterte er, »daß er den Mut hat, den Plan haargenau zu wiederholen. Talmulde vergasen und Goldtransport anhalten – das ist doch ein alter Trick. Jedenfalls haben wir die Sache in der Hand. Morgen ist O'Shea wieder bei Vernunft und wird sich anhören, was ich ihm zu sagen habe. Ich fahre also den Goldtransport in die Stadt und stelle ihn an einem sicheren Platz ab. Was meinst du, wird O'Shea vorziehen, wenn er sich vor die Wahl gestellt sieht, uns unseren Teil herauszurücken oder mit Inspektor Bradley Bekanntschaft zu machen?«

Connor riß einen Grashalm ab und kaute daran.

»Er ist verteufelt schlau.«

Marks verzog die Lippen.

»Ist das nicht immer so? Sitzen in Dartmoor nicht lauter schlaue Leute? Inspektor Hallick macht sich doch einen Spaß daraus, die Häftlinge nur ›Akademiker‹ zu nennen. Glaube mir, mein Lieber, Schlauheit ist ein relativer Begriff.«

»Was bedeutet dieses Fremdwort nun schon wieder?« brummte Connor stirnrunzelnd. »Versuch bloß nicht, mich mit diesen gebildeten Wörtern besoffen zu machen! Red nicht immer so gelehrt, sprich wie ein gewöhnlicher Mensch, damit jeder dich verstehen kann.«

Er sah sich ein wenig ängstlich um. Die Tatsache, daß O'Shea nicht zu sehen war, beunruhigte ihn. Sein Auto stand hinter dem Hügel auf einem Nebenweg. Er würde sich, wenn der Überfall gelungen war, damit sofort in Sicherheit bringen. Seine Leute konnten dann zusehen, wie sie durch alle Gefahren hindurchkamen. Sie hatten den schwierigeren Teil auszuführen, wenn sie auch zugeben mußten, daß der Plan genial ausgedacht und organisiert war.

In einiger Entfernung lagen links oben am Hang vier große Gaszylinder in einer Reihe. Connor und Marks konnten von ihrem Platz aus die lange, hellgraue Landstraße sehen, die durch die tiefe Mulde führte. In kürzester Zeit mußten die Lichter des Lastwagens mit dem Goldtransport auftauchen. Connor hielt seine Gasmaske in der Hand, Marks hatte seine in der Tasche.

»Er muß eine Unmenge Geld haben«, sagte Connor.

»Wer – O'Shea?« Marks zuckte die Schultern. »Das weiß ich nicht, er gibt aber auch genug aus. Man sollte eher annehmen, daß er wieder pleite ist. Es ist nahezu ein Jahr her, seit er seinen letzten großen Fang gemacht hat.«

»Was fängt er denn bloß mit dem vielen Geld an?«

»Er gibt es aus, wie wir auch. Als ich ihn das letzte Mal fragte, antwortete er: ›Ich muß ein großes Landhaus kaufen.‹ Dort wollte er sich niederlassen und ein bequemes, ruhiges Leben führen. Und gestern abend sagte er, daß er die Hälfte des Goldes brauche, um seine Schulden zu bezahlen.« Marks rieb sich mit dem Taschentuch die Fingerspitzen ab. »Unter anderem kann er lügen wie gedruckt.« Er stutzte. »Was war das?«

Argwöhnisch sah er nach der Hecke, die sich nur ein paar Meter von ihnen entfernt hinzog. Er hatte ein Rascheln im Laub gehört. Schnell sprang er auf, eilte zu den Sträuchern und sah nach allen Seiten, aber er konnte niemanden entdecken. Besorgt kehrte er zu seinem Kameraden zurück.

»Ich möchte wissen, ob der Teufel gelauscht, und wie lang er unsere Unterhaltung mit angehört hat!«

»Wen meinst du? Doch nicht O'Shea?« fragte Connor bestürzt.

Marks antwortete nicht, er holte nur tief Luft. Allem Anschein nach fühlte er sich ziemlich unbehaglich.

»Wenn er etwas gehört hätte, wäre er zu uns gekommen. Er ist in einer so verflucht schlechten Stimmung, daß er sofort losgeplatzt wäre.«

Connor stand auf und streckte sich.

»Was für ein Leben führt er wohl? Ich möchte fast wetten, daß er irgendwo im Land Frau und Familie hat. Solche Leute machen so etwas. Da kommt er ja!«

Sie sahen O'Sheas Gestalt vom Hügel herab auf sich zukommen.

»Halten Sie die Masken bereit. Sie wissen, was Sie zu tun haben, Marks?« Die Stimme klang hinter dem hochgeschlagenen Kragen etwas gedämpft, aber nicht unfreundlich. »Holen Sie einmal den Kerl her!« O'Shea zeigte auf Lipski.

Die beiden gehorchten und kamen gleich darauf mit dem noch ein wenig benommenen Lipski zurück.

»Sie gehen jetzt genau zu der abgemachten Stelle an der Straße hinunter«, sagte O'Shea zu Lipski. »Stecken Sie die rote Laterne an. Es ist nicht notwendig, daß die Kerle anhalten, sie brauchen nur langsamer zu fahren. Unter keinen Umständen gehen Sie aus der Deckung heraus. Vermutlich sind zehn schwerbewaffnete Polizisten auf dem Wagen.«

O'Shea ging zu den Gasbehältern hinüber, an denen dicke Gummischläuche angebracht waren, die bis in die Talmulde hinabreichten. Mit einem Schraubenschlüssel drehte er die Ventile auf. Unter leisem Zischen entwich das Gas durch die Schläuche.

»Das Gas ist schwer und setzt sich unten in der Muldensohle fest. Sie brauchen Ihre Gasmasken erst im letzten Moment aufzusetzen.«

Er folgte Lipski bis zu der Stelle nach der Senke, wo er sich postieren mußte, und kontrollierte, ob er die rote Laterne anzündete. Darauf kehrte er zu Marks zurück. Nicht im mindesten ließ er sich anmerken, daß er die Unterhaltung der beiden gehört hatte. Jetzt war nicht der Zeitpunkt, mit ihnen abzurechnen oder einen Streit vom Zaun zu brechen.

Gleich danach hörten sie von fern das Geräusch des Lastautos, lange bevor die Scheinwerfer aufblitzten. Der Wagen mußte den Wald von Felstead durchqueren, dann erst kam er hier vorbei.

»Jetzt!« rief O'Shea scharf. »Schießen Sie nicht, wenn es nicht durchaus nötig ist, aber halten Sie die Waffen bereit, falls etwas schiefgehen sollte. Und denken Sie daran, daß die Begleitmannschaft sofort feuert, wenn sich jemand blicken läßt. Warten Sie, bis die Leute vom Gas betäubt sind. Sie wissen doch, wo Sie mich morgen treffen sollen?«

Marks nickte. Der Wagen näherte sich verhältnismäßig langsam. Anscheinend hatte der Chauffeur die rote Lampe entdeckt, denn jetzt hörten sie das durchdringende Heulen einer Sirene. O'Shea konnte von seinem Platz aus die ganze Straße übersehen. Er selbst setzte keine Maske auf.

Der Lastwagen war bis auf fünfzig Meter an die vergaste Stelle herangekommen und fuhr nur noch langsam. Plötzlich sprang Lipski aus dem Gebüsch, aber nicht an der Stelle, wo O'Shea ihn postiert hatte, sondern etwa zehn oder fünfzehn Meter weiter vorn. Im nächsten Moment knallte ein Schuß. Lipski hatte gefeuert, um die Aufmerksamkeit auf sich zu lenken, und rannte nun mit erhobenen Händen auf das Auto zu.

O'Shea ballte die Fäuste. Lipski wollte ihn verraten.

»Achtung!« rief er Marks und Connor zu. »Wenn die Sache schiefgeht, laufen Sie querfeldein nach verschiedenen Richtungen!«

Und dann geschah das Wunder. Vom Lastwagen fielen zwei Schüsse. Lipski stürzte getroffen am Straßenrand zu Boden, und der Wagen fuhr langsam und vorsichtig weiter. Die Begleitmannschaft hatte Lipskis Absicht nicht verstanden, sondern geglaubt, daß er den Transport anhalten wollte.

»Glänzend!« stieß O'Shea erregt hervor, denn im gleichen Augenblick fuhr das Auto in die vergaste Senke hinein.

Eine Sekunde genügte. Der Chauffeur sank bewußtlos aufs Steuerrad, worauf der Wagen gegen die hohe Böschung fuhr und stehenblieb. So hatte O'Shea es auch geplant. Wenn Lipski das rote Licht nicht gezeigt hätte, wäre das Lastauto mit unverminderter Geschwindigkeit weitergefahren, schwer beschädigt worden und nicht mehr zu gebrauchen gewesen. So aber mußte Marks nur auf den Führersitz steigen und den Rückwärtsgang einschalten, um wieder freizukommen. Ein paar Minuten später hatte er den Wagen aus der Senke heraus. Die bewußtlosen Polizisten und der Chauffeur wurden gefesselt und an den Straßenrand gelegt. Nach weiteren fünf Minuten war schon alles erledigt.

Marks nahm seine Maske ab und setzte eine Uniformmütze auf, während Connor ins Innere des Wagens kroch, wo die kleinen, versiegelten Kisten mit dem Gold standen.

»Vorwärts!« befahl O'Shea.

Das Lastauto setzte sich in Bewegung. Zehn Minuten später war es außer Sicht.

O'Shea ging zu seinem Wagen und fuhr in der entgegengesetzten Richtung davon.

2

In der darauffolgenden Nacht war es regnerisch in London. Connor konnte es nur recht sein. Er betrat den Seiteneingang eines kleinen Restaurants in Soho, stieg die enge Treppe hinauf und klopfte an eine Tür. Ein Stuhl wurde gerückt, der Schlüssel gedreht – Marks, der allein im Zimmer war, öffnete.

»Hast du ihn gesprochen?« fragte Connor hastig.

»Ja, ich habe O'Shea am Themseufer gesehen. – Hast du die Zeitungen gelesen?«

»Ich bin nur froh, daß die Kerle nicht krepiert sind.«

Marks warf Connor einen verächtlichen Blick zu.

Auf dem Tisch lag eine Zeitung. Connor las die Schlagzeilen auf der ersten Seite:

›Goldtransport zwischen Southampton und London erbeutet. – Einer der Banditen tot am Tatort aufgefunden. – Transportauto mit drei Tonnen Gold spurlos verschwunden.‹

Er überflog den kleingedruckten, ausführlichen Bericht:

›In den frühen Morgenstunden wurde ein kühner Handstreich verübt, der den Tod von sechs Scotland Yard-Beamten hätte zur Folge haben können. Ein Goldtransport im Werte von einer halben Million Pfund wurde erbeutet, der für die Bank von England bestimmt war.

Der Dampfer ›Aritania‹, der gestern abend in Southampton einlief, hatte eine Goldsendung aus Australien an Bord. Um kein Aufsehen zu erregen, ließ man um drei Uhr morgens das Gold in einem Lastauto von Southampton abgehen, damit der Transport vor Beginn des regen Verkehrs in London ankommen sollte. In der Nähe des Waldes von Felstead führt die Straße

durch eine Senke, die von der Gangsterbande vergast wurde. Kurz vor der gefährlichen Stelle wurde die Begleitmannschaft auf den geplanten Überfall aufmerksam, als ein Mann aus dem Gebüsch sprang und auf den Lastwagen schoß. Die Beamten erwiderten sofort das Feuer, der Bandit wurde getroffen und später sterbend am Straßenrand aufgefunden. Er lallte etwas Unzusammenhängendes, nannte jedoch mehrmals einen Namen, wahrscheinlich den des Bandenführers.
Die Inspektoren Bradley und Hallick sind mit der Aufklärung des Falles betraut worden . . .‹

Es folgte noch die offizielle Bekanntmachung der Polizei, die sich auf den Bericht eines teilnehmenden Beamten stützte.

»Die Nachricht scheint in London großes Aufsehen hervorgerufen zu haben.« Marks nahm die Zeitung und faltete sie zusammen.

»Und was ist mit O'Shea?« fragte Connor ungeduldig. »Hat er den Vorschlag angenommen? Will er uns tatsächlich zehn Prozent zahlen?«

»Er war ein wenig ärgerlich, was ja verständlich ist. Aber in seinen lichten Momenten ist O'Shea klug und vernünftig. Am meisten hat ihn natürlich gewurmt, daß wir den Wagen an einer anderen Stelle parkten, als er es vorgeschrieben hatte. Er wollte sofort wissen, wo wir das Gold gelassen hätten, und nur so war es möglich, ihn zu dem Zugeständnis zu bringen.«

»Ja, und wie geht die Sache nun weiter?« fragte Connor besorgt.

»Wir bringen das Auto heute abend nach Barnes Common. Er weiß noch nicht, daß wir die Goldkisten auf einen kleineren Wagen umgeladen haben. Dafür sollte er uns nur dankbar sein, denn der große Wagen wurde heute abend von Inspektor Hallick an der Stelle, wo ihn O'Shea haben wollte, gefunden – leer natürlich.«

Connor strich sich mit der Handfläche über das unrasierte Kinn und runzelte die Stirn.

»O'Shea wird uns nicht so leichten Kaufs davonkommen lassen. Du kennst ihn schließlich doch auch, Marks!«

»Wir werden ja sehen.« Marks mixte einen Whisky Soda und sah auf die Uhr. »Wir haben genug Zeit. Wenn wir das Glas ausgetrunken haben, wollen wir gehen.«

Sie fuhren ein Stück mit der Straßenbahn und gingen dann durch enge, dunkle Gassen, bis sie vor einem Hofeingang stehenblieben. Marks stieß die Torflügel auf. Über einen gepflasterten Hof erreichten sie den Schuppen, in dem sie den kleineren Lastwagen mit der Ladung abgestellt hatten. Marks schloß auf und nahm das Vorhängeschloß ab.

»So, da wären wir!« Er trat in den dunklen Schuppen hinein.

Plötzlich packten ihn kräftige Hände. Er riß seinen Arm zurück und wollte nach der Waffe greifen.

»Machen Sie keine Dummheiten«, sagte Inspektor Hallick. »Ich verhafte Sie, Marks. Vielleicht erklären Sie uns, wo das Auto geblieben ist, das noch vor zwei Stunden hier stand.«

Marks konnte das Ganze nicht fassen. Im ersten Augenblick war er so erschrocken, daß er jede Vorsichtsmaßnahme außer acht ließ.

»Das Lastauto?« fragte er atemlos. »Ist es nicht hier?«

»Es war schon fort, als wir vor einer Stunde hierherkamen«, erwiderte ein anderer Polizeibeamter. »Los, Marks, sagen Sie uns, wo Sie den Wagen gelassen haben.«

Marks war keiner Antwort fähig. Er spürte, wie sich die Handschellen um seine Handgelenke schlossen. Connor fluchte wild, als die Polizisten ihn zum Gefangenenauto führten, das an einer dunklen Stelle versteckt wartete.

Beide wußten nun, daß O'Shea sie durchschaut und der Polizei verraten hatte.

3

Mary Redmaynes Leben verlief unterschiedlich und zuweilen recht unruhig. Die finanziellen Verhältnisse ihres Vaters wechselten häufig. Manchmal war er verhältnismäßig wohlhabend, dann folgten wieder Zeiten, in denen es ihm schlecht ging. Sie hatte mit ihm in den schönsten Hotels wie auch in billigsten

Quartieren gewohnt. An dieses Auf und Ab war sie von Jugend auf gewöhnt, und so war sie auch nicht erstaunt gewesen, als sie eines Tages aus der vornehmen Privatschule herausgenommen wurde und in die Volksschule kam.

Die Leute, die ihren Vater kannten, nannten ihn Colonel. Er selbst vermied diesen militärischen Titel und hatte seiner Tochter auch nie etwas aus seiner Armeezeit erzählt. Erst als sie ins Herrenhaus von Monkshall zogen, ließ er den Titel ›Colonel‹ auf seine Visitenkarte drucken. Monkshall war ein alter Adelssitz, der Marys kühnste Träume von Pracht und Luxus übertraf. Das Gebäude stammte aus der Tudorzeit, und vielleicht gingen die Fundamente auf eine noch ältere Periode zurück. Das Herrenhaus lag in einem großen Park von über vierzig Morgen mit wunderbarem altem Baumbestand. Das Schloß war in der ganzen Gegend bekannt und berühmt, so daß amerikanische Touristen in großen Autobussen angefahren kamen, um es zu besichtigen. Als jedoch Colonel Redmayne den Besitz erwarb, sperrte er die Parktore für alle Neugierigen und gestattete nicht einmal die Besichtigung der Abteiruine bei dem Herrenhaus.

Colonel Redmayne war plötzlich reich geworden, und zwar, als Mary gerade sechzehn Jahre alt wurde. Woher dieser Reichtum kam, ahnte sie nicht im entferntesten. Sie wußte nur, daß ihr Vater in der einen Woche noch bettelarm gewesen und von Gerichtsvollziehern bedrängt nur durch Seitenstraßen geschlichen war, um den Gläubigern aus dem Weg zu gehen – und schon in der nächsten Woche hatte er den prächtigen Herrensitz Monkshall erworben und mit kostbaren Möbeln ausgestattet.

Zur Zeit dieser Übersiedlung nach Monkshall stand Mary in dem Übergangsalter zwischen Backfisch und junger Dame.

Ferdie Fane kam oft als Gast in den Roten Löwen, nur um sie zu sehen, ganz gleich, ob es Sommer oder Winter war. Meist kam er unangemeldet ins Gasthaus und nahm dort Quartier, was dem Wirt nicht immer paßte. Ferdie Fane war fünfunddreißig Jahre alt, hatte ein längliches Gesicht und machte mit seiner großen Hornbrille einen verhältnismäßig guten Eindruck. Nur hatte er die unangenehme Gewohnheit, mehr zu trinken, als ihm zuträglich war. Im allgemeinen trank er heimlich auf seinem Zimmer.

Diesmal saß Ferdie Fane in der Gaststube, ein großes Glas Bier vor sich, und beobachtete, wie Mary Redmayne mit ihrem düster dreinschauenden Vater die Straße entlang kam. Sie trug keinen Hut, so daß ihre hellbraunen Locken in der Sonne glänzten. Die beiden gingen am Fenster vorbei.

»Der Frühling ist gekommen, Adolphus«, rief Fane dem Wirt zu. »Ich sah, wie er vorüberzog.«

»Es wundert mich«, erwiderte der Wirt, »daß Sie nicht im Herrenhaus wohnen, Mr. Fane.«

Ein vorwurfsvoller Blick traf ihn.

»Wollen Sie mich los sein? Warum sollte ich mein Logis wechseln?« Er schüttelte den Kopf. »Nein, ich eigne mich nicht fürs Herrenhaus. Ich bin nicht vornehm genug. Es ist überhaupt erstaunlich, daß Redmayne zahlende Gäste bei sich aufnimmt.«

Der Wirt wußte auch keine Erklärung dafür.

»Ich weiß nicht, warum er es tut. Der Colonel hat ja so viel Geld und ist sicher nicht auf diese Einkünfte angewiesen. Vielleicht fühlt er sich zu einsam. In den letzten Jahren hat er dauernd Gäste aufgenommen. Allerdings ist er sehr wählerisch. Es kann noch lange nicht jeder daherkommen.«

»Das ist es ja, was ich sage«, bekräftigte Fane, »und ich weiß, daß er mich nicht nehmen würde. Darum müssen Sie mich schon bei sich behalten, daran läßt sich nichts ändern.«

»Ich habe durchaus nichts dagegen, daß Sie bei mir wohnen«, versicherte der Wirt. »Sie geben mir keinen Anlaß zu Klagen, nur . . .«

»Sie wollen sagen, wenn ich ein bißchen solidere Gewohnheiten hätte?« Fane hob das Glas und nahm einen kräftigen Schluck. Er lachte leise vor sich hin, als ob ihm ein Scherz einfiele, wurde aber gleich wieder ernst und runzelte die Stirn. »Diese Mary Redmayne ist doch wirklich ein nettes, hübsches Mädchen, finden Sie nicht auch?«

»Sie ist tatsächlich die aparteste junge Dame, die ich kenne. Vor vier Wochen erst ist sie aus dem College zurückgekommen.«

Am nächsten Tag reiste Ferdie Fane mit seiner Angelrute wieder ab. Weder hatte er geangelt noch die Golfschläger benützt, die er zu seinem Landaufenthalt mitgenommen hatte.

4

Das Leben im Herrenhaus verlief angenehm und ungestört. Mary Redmayne gewöhnte sich allmählich an das neue Leben, das dauerhafter zu sein versprach, und sie wurde auch mit den Menschen hier vertraut.

Besonders Mr. Goodman mochte sie gut leiden. Er war ein älterer Herr mit grauen Haaren, der langsam und bedächtig sprach und schon lange in Monkshall wohnte. Er war der erste zahlende Gast gewesen, den ihr Vater ins Haus genommen hatte.

Sie schätzte den schönen, alten Park mit den schattigen Wegen, das altertümliche, romantische Haus, und selbst die Schweigsamkeit ihres Vaters bedrückte sie nicht sehr. Er war älter geworden, sein Gesicht sah noch um eine Spur bleicher aus als früher. Lächeln hatte sie ihn ohnehin nicht oft gesehen, und an Nervosität litt er von jeher.

Manchmal ging er mitten in der Nacht im Haus umher, und einmal hatte sie ihn in seinem Arbeitszimmer in einem merkwürdigen Zustand überrascht. Er sprach heiser und stockend, doch Mary hatte die Erklärung dafür bald gefunden. Eine leere Whiskyflasche stand in der Ecke.

Mit der Zeit jedoch wurde ihr das alte, einsame Haus zu einer Belastung und stimmte sie melancholisch. Oft erwachte sie in der Nacht und richtete sich im Bett auf. Sie versuchte dann, sich darüber klar zu werden, was sie so unvermittelt aus dem Schlaf geschreckt hatte. Einmal hörte sie deutlich unheimliche Geräusche, Angstschweiß trat ihr auf die Stirn, und nicht nur einmal glaubte sie, von weither dumpfe Orgeltöne zu vernehmen.

Am nächsten Morgen fragte sie Cotton, den Butler, aber der hatte nichts gehört. Die weiblichen Dienstboten schienen empfindlicher zu sein und sich gleichfalls zu ängstigen, denn sie wechselten alle paar Wochen oder Monate die Stelle. Mary fragte die Mädchen aus, aber ihr Vater kam dahinter und verbot es ihr. Das Merkwürdigste war, daß er diese Zustände sowie die häufigen Kündigungen als selbstverständlich hinnahm.

»In diesem Haus komme ich überhaupt nicht zur Ruhe, ich habe furchtbare Angst«, klagte ein Dienstmädchen weinend.

»Haben Sie nachts die Schreie nicht gehört? Ich schlafe im östlichen Flügel – es ist furchtbar. Es spukt in dem Schloß.«

»Aber, Anna, das ist doch alles Unsinn«, schalt Mary und gab sich Mühe, ruhig zu erscheinen. »Wie können Sie solche Dinge überhaupt glauben!«

»Aber es stimmt, Miss Mary. Ich habe selbst gesehen, wie der Geist im Mondschein über den Rasen wandelte!«

Zuerst wollte Mary es nicht glauben, aber später sah sie selbst merkwürdige Dinge. Ein Gast blieb nur zwei Nächte und verließ das Herrenhaus fluchtartig, da er mit seinen Nerven völlig am Ende war.

»Ach, alles ist nur Einbildung«, sagte der Colonel, als sich Mary an ihn wandte. »Mein liebes Kind, du fängst auch schon an, dich zu fürchten wie die Dienstmädchen.«

Mary hörte weiterhin nachts Geräusche im Schloß. Sie begann auch, immer bewußter darauf zu achten.

Als sie eines Tages allein durchs Dorf ging, begegnete sie einem Mann in einem Golfanzug. Er war sehr groß und trug eine Hornbrille. Als sie an ihm vorüberging, grüßte er sie mit einem freundlichen Lächeln. An diesem Tag sah sie Ferdie Fane zum erstenmal bewußt.

5

Chefinspektor Hallick fuhr zum Gefängnis von Princetown, um einen letzten Versuch zu machen. Er wußte allerdings schon im voraus, daß er keinen Erfolg haben würde. Der Direktor der Anstalt empfing ihn am Eingang.

»Ich glaube ja nicht, daß Sie mit diesen Kerlen weiterkommen. Die haben ihre Strafe demnächst abgesessen und wollen natürlich nichts mehr verraten.«

»Das kann man nie voraussagen«, entgegnete Hallick. »Ich habe einmal eine sehr wertvolle Information von einem Gefangenen erhalten, der am nächsten Tag entlassen wurde.«

»Mein Oberwärter, der im allgemeinen leicht das Vertrauen der Gefangenen gewinnt, ist überzeugt, daß die beiden nicht sprechen werden. Persönlich glaube ich, daß sie keine Ahnung vom Verbleib des Goldes haben. Bei der Gerichtsverhandlung sagten sie ja auch aus, daß sich O'Shea mit der Beute aus dem Staub gemacht habe, was ich für wahrscheinlich halte.«

Der Chefinspektor lächelte.

»Als ich sie verhaftete, war ich gleichfalls überzeugt, daß O'Shea sie betrogen hatte, aber inzwischen habe ich meine Meinung geändert.«

Während sie sprachen, hatten sie das Büro des Direktors erreicht. Gleich danach trat auch der Oberwärter ein und begrüßte den Chefinspektor.

»Ich möchte zuerst Connor sehen«, sagte Hallick.

»Ich werde ihn sofort herunterbringen.«

Der Oberwärter verließ das Büro und ging über den großen, asphaltierten Hof zum Tor des mächtigen, häßlichen Gebäudes nebenan. Er öffnete das komplizierte Schloß des schweren Torflügels. Drinnen zogen sich rund um eine riesige Halle in mehreren Geschossen die Galerien mit den Zellen. Der Wärter blieb vor einer Zellentür stehen und schloß sie auf. Ein Gefangener in Sträflingskleidung saß, den Kopf in die Hände gestützt, auf der Bettkante. Er erhob sich verdrießlich.

»Connor, ein Herr von Scotland Yard ist gekommen, der mit Ihnen sprechen will. Wenn Sie vernünftig sind, beantworten Sie seine Fragen, so gut Sie können.«

Connor starrte ihn düster an.

»Ich habe nichts zu sagen. Warum können die einen nicht einmal im Gefängnis in Ruhe lassen? Selbst wenn ich wüßte, wo das Gold versteckt liegt, würde ich es doch nicht sagen.«

»Was haben Sie davon, wenn Sie dauernd die Aussage verweigern? Seien Sie nicht so dumm!«

»Dumm? Die Dummheit ist mir im Gefängnis gründlich ausgetrieben worden! Zehn Jahre haltet ihr mich schon unter der Knute, ich kenne jeden Ziegelstein hier – wer will mich denn sprechen?«

»Chefinspektor Hallick.«

»Ach, ich dachte, der wäre längst tot.«

»Da irren Sie gründlich – er ist noch recht lebendig.«

Connor wurde ins Büro des Direktors geführt. Er begrüßte den Chefinspektor, dem er nichts nachtrug, mit einem Kopfnicken.

»Sie verschwenden nur Ihre Zeit mit mir, Mr. Hallick«, begann er ärgerlich und unaufgefordert. »Ich kann Ihnen auch gar nichts sagen, gebe Ihnen aber einen guten Rat – machen Sie O'Shea ausfindig, der kann Ihnen Aufklärung geben. Und noch eines – Sie müssen ihn finden, bevor ich ihn erwische, wenn Sie von ihm noch etwas erfahren wollen.«

»Wir werden ihn schon finden.«

»Dazu hätten Sie reichlich Zeit gehabt. Versuchen Sie es doch einmal mit Marks, vielleicht macht der gemeinsame Sache mit Ihnen.«

In diesem Augenblick öffnete sich die Tür, und Marks wurde ins Zimmer geführt. Er hatte sich während der Haftjahre kaum verändert. Das hagere, asketische Gesicht war vielleicht etwas härter, die dünnen Lippen noch schmäler geworden, und die Augen lagen tiefer in den Höhlen. Er sprach noch ebenso gebildet und benahm sich so höflich wie früher.

»Ach, da sind Sie ja, Mr. Hallick! Sie wollten uns noch einmal in unserer Sommerfrische besuchen?«

Jetzt bemerkte er auch Connor und nickte ihm zu, ja, er machte sogar eine kleine Verbeugung vor ihm.

»Das ist ja sehr liebenswürdig und freundlich von Ihnen, Mr. Hallick. Haben Sie sich schon den Park und die Garage angesehen – oder das hübsche Billardzimmer?«

»Nun ist es aber genug«, ermahnte ihn der Oberwärter streng.

»Verzeihen Sie!« Marks verneigte sich ironisch. »Es war nur ein Scherz. Ich habe nicht die Absicht gehabt, jemanden zu kränken. Trotzdem ist es ein Ereignis, Sie hier zu sehen, Mr. Hallick! Hoffentlich ist es nur ein kurzer Besuch. Sie wollen doch nicht etwa länger bleiben?«

Hallick lachte zuvorkommend.

»Sollten Sie nicht wissen, warum ich gekommen bin?«

Überrascht sah ihn Marks an.

»Doch nicht etwa, um meinen Freund oder mich nach dem verschwundenen Goldtransport zu fragen? Aber ich sehe, daß dem doch so ist. Sie wollen wissen, wo sich das Versteck befindet? Ich wollte, ich könnte es Ihnen sagen. Doch am besten ist es, Sie wenden sich direkt an Mr. O'Shea.«

»Sei vernünftig, Marks!« mahnte Connor gereizt. »Mir jedenfalls fällt es nicht im Traum ein, irgendwelche Fragen zu beantworten. Du kannst ja tun, was du nicht lassen kannst. Wenn sie O'Shea bis jetzt nicht gefunden haben – ich werde ihn bestimmt finden. Wenn ich erst einmal hier heraus bin, kümmere ich mich um nichts anderes mehr. – Ich brauche auch Marks dazu nicht. In den letzten zehn Jahren habe ich ihn Tag für Tag gesehen, und ich kann ihn nicht mehr ausstehen. Den Mann, der mich verraten hat, kriege ich ganz allein!«

Marks warf seinem Kameraden einen gekränkten Blick zu.

»Glauben Sie das wirklich?« fragte Hallick. »Wissen Sie denn, wo er ist?«

»Ich weiß nur eins«, antwortete Connor düster, »und Marks weiß es auch. An jenem Morgen, als wir auf den Goldtransport warteten, sagte er – es ist ihm so herausgeschlüpft –, daß er sich zurückziehen, irgendwo verstecken wolle. Doch weiter werde ich Ihnen nichts erzählen. Vier Monate muß ich noch absitzen, wenn die vorüber sind, werde ich O'Shea suchen und finden.«

»Ach, das ist doch alles Unsinn!« rief Hallick. »Den finden Sie nicht, die Polizei hat all die Jahre nach ihm gesucht.«

»Nach wem haben Sie eigentlich Ausschau gehalten?« fragte Connor, ohne sich um den warnenden Blick Marks' zu kümmern.

»Nach Len O'Shea natürlich.«

Connor lachte laut.

»Sie suchen einen gesunden Mann, aber da sind Sie auf dem Holzweg. Ich habe Ihnen noch nie gesagt, warum Sie ihn nicht finden. Ganz einfach deshalb nicht, weil er verrückt ist. Ich frage mich, was er jetzt treibt. Der Kerl ist so verschlagen und schlau, wie Verrückte es nun einmal sind. Sie konnten das nicht wissen, aber Marks weiß es.«

Davon hatte Hallick nie etwas gehört. Fragend sah er Marks an.

»Ich fürchte, Connor hat recht«, räumte Marks liebenswürdig lächelnd ein. »O'Shea ist so klug, weil er nicht ganz bei Verstand ist. Selbst in Dartmoor erfahren wir gelegentlich etwas Neues, Mr. Hallick, und es geht das Gerücht, daß vor ein paar Jahren drei Beamte von Scotland Yard spurlos verschwunden seien. Nun, Sie werden sicherlich kein Staatsgeheimnis verraten, wenn Sie mir bestätigen, daß diese drei O'Shea verhaften sollten.«

Der Chefinspektor hatte sich ein wenig verfärbt. Marks sah es und lachte.

»Man erzählt sich auch, daß sie England verlassen und später von Paris aus ihre Entlassungsgesuche nach Scotland Yard geschickt hätten. Aber vielleicht ist es Ihnen nicht unbekannt, daß O'Shea jede Handschrift imitieren kann, und ich sage Ihnen nur eines – die drei haben England nie verlassen.«

»Wollen Sie damit sagen, daß sie ...«

»Sie sind bestimmt nicht aus England herausgekommen. Sie waren hinter O'Shea her – und er hat sie eben ein wenig früher erkannt als sie ihn.«

»Tot, meinen Sie?«

Marks nickte gedankenvoll.

»Zweiundzwanzig Stunden am Tag ist er vernünftig wie alle anderen Leute, aber zwei Stunden ...« Er zuckte die Schultern. »Ihre Beamten, Mr. Hallick, müssen O'Shea im ungünstigsten Moment begegnet sein.«

»Wenn ich ihn finde ...« mischte sich jetzt Connor ein, aber Marks drehte sich schnell nach ihm um und schnitt ihm das Wort ab.

»Wenn du ihn triffst, mußt du dran glauben, das ist alles. Es könnte aber sein, daß ich ihm begegne ...« Er brach ab, sein Gesicht verzerrte sich.

»Was dann?« fragte Hallick. »Wo wollen Sie ihn überhaupt suchen?«

Marks hob eine Hand, seine Finger krallten sich gegeneinander, als ob sie einem unsichtbaren Feind die Kehle zudrückten.

»Ich weiß, wo ich ihn finden kann!«

6

Es war ein herrlicher Frühlingsmorgen.

Die große, gewölbte Halle des Herrenhauses hatte früher einmal als Vorraum zum Refektorium gedient. Die Inschriften, die die Mönche in die Steinwände eingehauen hatten, wurden heute von einer kunstvollen Täfelung verdeckt.

Mr. Goodman war nicht zur Stadt gefahren, obwohl er es eigentlich vorgehabt hatte. Gewöhnlich fuhr er zwei- oder dreimal im Monat nach London in sein Büro. Miss Veronika Elvery wälzte ein dickes Lexikon, denn sie verfertigte gerade ein Gedicht, zu dem ihr die nötigen Reime fehlten.

Mr. Goodman war auf dem Sofa über seiner Zeitung eingenickt. Kaum ein Geräusch störte die Stille. Nur Veronikas Feder kratzte ab und zu auf dem Papier, und die alte Großvateruhr tickte monoton.

Durch das offene Fenster konnte man auf den herrlichen Park mit den Büschen und Baumgruppen hinaussehen, in dem auch die Ruine der alten Abtei lag, zu der früher so viele Neugierige pilgerten. Miss Veronika hörte das Gezwitscher der Vögel draußen. Sie befand sich in gehobener Stimmung. Auf einmal sah sie sich nach dem Schläfer um.

»Mr. Goodman!« sagte sie sanft.

Als er nicht antwortete, rief sie ein zweites Mal, etwas lauter.

»Ja, was gibt's?« fragte er und richtete sich auf.

»Was für ein Wort reimt sich auf hochmütig?«

Mr. Goodman überlegte, nachdenklich fuhr er mit der Hand über die Stirn.

»Kaltblütig.«

Miss Elvery schüttelte verzweifelt den Kopf.

»Nein, das hilft mir nicht, es ist ein häßliches Wort.«

»Aber was machen Sie denn da?«

Sie gestand ihm, daß sie dichtete.

»Um Himmels willen! Das ist ja ein Verbrechen, an einem so herrlichen Frühlingsmorgen Gedichte zu schreiben. Das ist genauso schlimm, wie vor dem Mittagessen Whisky zu trinken. Wen dichten Sie eigentlich an?«

»Es ist jemand, den Sie auch kennen.« Sie lächelte bedeutungsvoll. »Aber Sie werden mir böse sein, wenn ich es Ihnen sage.«

Er nahm das halb vollgeschriebene Blatt und runzelte die Stirn.

»Sie fragten doch eben, was sich auf hochmütig reimt. Wer in aller Welt soll denn da hochmütig sein?«

Veronika warf den Kopf zurück, wie immer, wenn sie sich angegriffen fühlte.

»Sind Sie nicht auch der Meinung, daß sie hochmütig ist? Bedenken Sie doch, ihr Vater führt hier schließlich eine Pension. Da hat sie keinen Grund, zu tun, als ob sie eine Gräfin sei.«

»Ach, Sie meinen Miss Redmayne?« fragte er und legte den Bogen wieder auf den Tisch. »Sie ist ein sehr nettes Mädchen. Sie sagen, das hier sei eine Pension? Nun ja, ich bin der erste Pensionär, den der Colonel ins Haus genommen hat, aber ich habe dieses Herrenhaus nie als eine gewöhnliche Pension betrachtet.«

Es folgte eine kurze Pause.

»Mr. Goodman, sind Sie mir böse, wenn ich Ihnen etwas sage?«

»Nun, bis jetzt nicht, warum?«

»Ich glaube, ich habe eine romantische Veranlagung. Ich sehe Geheimnisse in allen möglichen Dingen. Zum Beispiel auch Sie kommen mir geheimnisvoll vor.« Sie sah seinen bestürzten Blick. »Ich meine damit nicht, daß Sie düster und schrecklich aussehen.«

»Das will ich hoffen!«

»Aber Colonel Redmayne ist wirklich ein düsterer, verschlossener Charakter«, erklärte Miss Elvery mit Nachdruck.

»Mir ist es nie so vorgekommen«, meinte Mr. Goodman.

»Doch, ich habe recht«, beharrte sie. »Warum hat er diesen Sitz gekauft, so weit von allen menschlichen Behausungen entfernt? Und warum betreibt er hier eine Pension?«

»Wahrscheinlich, um Geld einzunehmen.«

»Nein, er verdient überhaupt nichts dabei«, rief sie triumphierend aus. »Meine Mutter sagte noch heute morgen, daß er eine Menge zusetzen muß. Und Monkshall ist ja ein prachtvoller Herrensitz, aber man erzählt sich so seine Geschichten. Sie wissen doch, daß hier Geister umgehen?«

Mr. Goodman lächelte gutmütig. Die Geschichte war ihm schon einmal erzählt worden.

»Ich habe hier Dinge gehört und auch Dinge gesehen –!« Miss Veronika senkte die Stimme zu einem Flüstern. »Meine Mutter meint, daß hier früher einmal ein fürchterliches Verbrechen geschehen sein muß. Das ist auch meine Ansicht.«

Mr. Goodman äußerte die Vermutung, daß ihre Mutter zuviel Mord- und Kriminalgeschichten läse. Das stimmte auch, denn Mrs. Elvery las alle Zeitungsberichte über Verbrechen und Verbrecher.

»Ja, sie liest gern einen Kriminalroman oder was sonst so in der Zeitung steht«, stimmte Veronika bei. »Voriges Jahr mußten wir eine Reise nach der Schweiz aufgeben, weil damals gerade der sensationelle Mordfall an dem Radfahrer verhandelt wurde. – Glauben Sie, daß Colonel Redmayne einen Mord begangen haben könnte?«

»Es ist nicht recht, Miss Elvery«, erwiderte Mr. Goodman, »daß Sie so etwas sagen, wo Sie noch dazu in seinem Haus wohnen.«

»Warum ist er aber dann so nervös? Und warum fürchtet er sich? Ständig lehnt er neue Gäste ab. Gestern kam so ein netter junger Herr, aber den wollte er nicht haben.«

»Morgen jedenfalls kommt ein neuer Gast«, bemerkte Goodman und nahm seine Zeitung wieder auf.

»Das ist ja doch nur ein Pfarrer, und jedermann weiß, daß Pfarrer kein Geld haben.« Als Goodman lachte, setzte sie in vertraulichem Ton hinzu: »Der Colonel könnte schon Geld verdienen, aber er will ja gar nicht. Ich kann Ihnen noch etwas verraten. Meine Mutter kannte Colonel Redmayne, bevor er Monkshall kaufte. Er besaß damals keinen Penny. Wie also kam er überhaupt dazu, dieses Haus zu kaufen?«

Mr. Goodman sah sie strahlend an.

»Zufällig weiß ich das ganz genau. Er hat damals eine große Erbschaft gemacht.«

Veronika war enttäuscht und gab sich auch keine Mühe, es zu

verbergen, doch kam sie nicht mehr dazu, etwas zu entgegnen, denn ihre Mutter erschien in der Tür.

Mrs. Elvery war eine etwas füllige, doch recht imposante Erscheinung. Sie steuerte direkt auf das Sofa zu, auf dem Mr. Goodman seine Zeitung las.

»Haben Sie vorige Nacht etwas gehört?« fragte sie mit erhobener Stimme.

»Ja. Im Zimmer nebenan hat jemand geschnarcht wie der Teufel.«

»Mr. Goodman, Sie wissen genau, daß ich das Zimmer neben Ihnen bewohne«, erwiderte sie eisig. »Haben Sie einen Schrei gehört?«

»Einen Schrei?«

»Ich habe auch das Orgelspiel wieder gehört.«

Goodman seufzte.

»Glücklicherweise bin ich ein wenig taub. Ich habe weder Orgelspiel noch Schreie gehört. Das einzige, was ich deutlich und auch gerne höre, ist der Gong, der zum Essen ruft.«

»Es gibt hier ein Geheimnis«, versicherte Mrs. Elvery. »Ich habe es gleich am ersten Tag gemerkt, als ich herkam. Erst wollte ich nur eine Woche bleiben, aber jetzt bleibe ich, bis dieses Geheimnis enthüllt ist.«

»Dann wollen Sie also für immer hierbleiben, Mrs. Elvery?«

»Die Stimmung hier, diese ganze düstere Atmosphäre, erinnert mich an die Abtei Pangleton, wo John Roehampton seinen drei Nichten die Kehlen durchschnitt«, erzählte sie mit Genugtuung. »Und dabei waren die Nichten erst neunzehn, zweiundzwanzig und vierundzwanzig. Später wurde er im Gefängnis von Exeter hingerichtet. Er mußte zum Schafott getragen werden.«

In diesem Augenblick trat unerwartet Colonel Redmayne in die Halle. Er mochte etwa fünfunddreißig Jahre alt sein und wirkte ziemlich nervös und zerstreut. Seine Kleidung ließ zu wünschen übrig oder machte jedenfalls einen vernachlässigten Eindruck.

Redmayne sah von einem zum andern.

»Guten Morgen – ist etwas nicht in Ordnung?«

»Oh, es geht mir verhältnismäßig gut«, erwiderte Goodman und hoffte insgeheim, Mrs. Elvery möchte ihr Thema fallen lassen. Doch so leicht ließ sie sich nicht davon abbringen.

»Colonel, haben Sie in der vergangenen Nacht etwas gehört?«

»Was sollte ich gehört haben? Was gibt es hier nachts zu hören?«

Geschäftig zählte sie all die aufregenden Ereignisse der letzten Nacht auf.

»Zunächst hat die Orgel wieder gespielt, dann hörten wir einen Schrei, der uns durch Mark und Bein ging. Er kam aus der Tiefe – direkt aus der Richtung des Mönchsgrabes.«

Sie wartete erregt auf Redmaynes Reaktion.

»Nein, ich habe nichts gehört. Ich habe geschlafen«, antwortete er leise.

»Das kann aber nicht stimmen«, mischte sich jetzt Veronika in die Unterhaltung. »Ich sah, daß Licht in Ihrem Zimmer brannte, noch lange, nachdem meine Mutter und ich diesen entsetzlichen Schrei gehört hatten. Ich kann nämlich von meinem Fenster aus Ihr Zimmer sehen.«

Er sah sie finster an.

»So, können Sie das? Ich bin gestern abend eingeschlafen, als das Licht noch brannte. Hat jemand von Ihnen meine Tochter gesehen?«

Goodman zeigte in den Park hinaus.

»Ich sah sie vor einer halben Stunde.«

Der Colonel verließ, ohne ein weiteres Wort zu verlieren, den Raum und verschwand im Park.

Mrs. Elvery holte tief Luft.

»Und ich bleibe dabei – es gibt hier ein großes Geheimnis. Er ist wahnsinnig. Kennen Sie den netten jungen Mann, Mr. Goodman, der gestern morgen hier war? Er wollte ein Zimmer haben, und als ich den Colonel fragte, warum er es ihm abgeschlagen habe, wurde er ganz wütend und böse auf mich! Er sagte, das sei kein Mann, den er als Gast in seinem Hause wünsche. Trunkenbolde wolle er nicht unter seinem Dach haben, und außerdem habe der Kerl sich erdreistet, mit seiner Tochter Bekanntschaft zu machen.«

»Also mit anderen Worten, der Colonel hat sich über den jungen Mann geärgert. Was ist dabei? Sie dürfen ihn nicht zu ernst nehmen, und heute morgen ist er ein wenig nervös.«

Goodman nahm eine andere Zeitung auf und blätterte darin.

»Dann die Überheblichkeit, mit der er jeden behandelt«, fing Mrs. Elvery von neuem an, »und seine Tochter ist schon genauso eingebildet, das können Sie nicht bestreiten, Mr. Goodman. Es mag ja recht undankbar klingen, aber sie ist – wie soll ich gleich sagen . . .«

»Direkt anmaßend«, ergänzte Veronika.

»Ja«, pflichtete die Mutter bei, »sie glaubt, wunder wer sie sei. Doch ihr Benehmen ist nicht gerade vornehm. Ich erzählte ihr neulich die Geschichte von der Ermordung der jungen Witwe in der Grange Road in London; Sie wissen doch noch – der Liebhaber brachte die Frau durch Gift um, nur um die Versicherungssumme zu bekommen. Es war ein sensationeller Fall. Aber da hat sie mir einfach den Rücken gekehrt und gesagt, daß sie sich für solche Schauergeschichten nicht interessiere.«

Der Butler Cotton kam herein und brachte die Post. Er machte stets ein düsteres Gesicht und sprach nur selten. Als er schon wieder hinausgehen wollte, rief ihn Mrs. Elvery zurück.

»Haben Sie in der vergangenen Nacht den Lärm gehört, Cotton?«

Er drehte sich mürrisch um.

»Nein, ich habe am Tage sehr viel zu tun, deshalb habe ich einen festen Schlaf. Nur ein Kanonenschuß könnte mich aufwecken.«

»Haben Sie das Orgelspiel auch nicht gehört?« fragte sie hartnäckig.

»Nein, ich höre überhaupt nichts, wenn ich schlafe.«

»Der Mann scheint nicht sehr intelligent zu sein«, erklärte Mrs. Elvery, als der Butler gegangen war.

7

Mary Redmayne ging an jenem Morgen ins Dorf, um auf der Post Briefmarken zu kaufen. Sie sah den jungen Mann im Sportanzug kaum an, der auf der Bank vor dem Roten Löwen saß, aber sie nahm ihn durchaus zur Kenntnis.

Sie hatte schon die verschiedensten Geschichten über ihn gehört. Zuerst hatte er ihr leid getan, aber jetzt war er ihrer Meinung nach ein hoffnungsloser Fall. Außerdem war sie böse auf ihn, weil er ihren Vater verärgert hatte. Tatsächlich hatte Mr. Fane die Kühnheit besessen, den Colonel um ein Zimmer in Monkshall zu bitten.

Als sie aus dem Dorf zurückkam und in den Weg zum Park von Monkshall einbog, saß er dort auf dem Drehkreuz und versperrte ihr den Weg. Er rauchte eine Zigarette und sah melancholisch durch seine große Hornbrille ins Leere.

Sie überlegte, ob sie nicht einen Umweg machen sollte. Aber er erhob sich nachlässig und nahm seine Mütze ab.

»Bitte sehr!« Er lächelte sie freundlich an. »Wenn ich Sie jetzt nach Hause begleite, wird Ihr Vater dann schießen oder die Hunde auf mich hetzen?«

Sie sah ihn wütend an.

»Soviel ich weiß, sind Sie Mr. Fane?«

Er verneigte sich übertrieben. Sie ärgerte sich furchtbar über seine Unverschämtheit, um so mehr, als er nicht sicher auf den Füßen zu stehen schien. Seit gestern nacht war sie ohnehin nervös, sie hatte nicht schlafen können und überall Geräusche und auch dieses leise Orgelspiel gehört. Vor allem hatte sie etwas gesehen, das sie noch mehr ängstigte – eine Gestalt war über den Rasen unter ihrem Fenster geeilt und zwischen den Bäumen verschwunden.

»Nachdem man Ihnen gestern erst klargemacht hat, Mr. Fane, daß Sie hier unerwünscht sind, zeugt es nicht von gutem Geschmack, wenn Sie mich gleich darauf belästigen.«

»Ihrer Meinung nach mag das geschmacklos sein, Miss Redmayne, aber wissen Sie, ich stand einmal an einer Straßenecke . . .«

»Ja, und jetzt stehen Sie mir im Weg«, unterbrach sie ihn heftig.

»Ihr Vater liebt Sie doch? Dann kann er Ihnen auch nichts abschlagen. Wie wäre es denn, wenn Sie zu ihm sagten: Ich kenne einen jungen Mann, der ein Quartier in Monkshall haben möchte . . .«

»Lassen Sie mich vorbeigehen!« rief sie, zitternd vor Aufregung.

Höflich trat er beiseite. Sie ging rasch durchs Drehkreuz und entfernte sich. Erst als sie den halben Weg zum Haus zurückgelegt hatte, schaute sie sich einmal um. Empört stellte sie fest, daß er ihr folgte – in respektvoller Entfernung allerdings.

8

Kurz nachdem Mrs. Elvery und Mr. Goodman zum Golfplatz gegangen waren, erschien auf dem Rasen vor dem Haus ein Mann. Er sah ziemlich grobschlächtig aus und hatte eine Lederschürze umgebunden. Unter dem Arm trug er ein paar verwahrloste Regenschirme. Verstohlen sich umsehend, überquerte er den Rasen. Das große Portal und die Tür zur Halle standen offen. Im Entree neben der Treppe blieb er stehen. Von hier aus konnte er die Halle übersehen und Cotton beobachten. Der Butler räumte das Schreibzeug weg, das Miss Veronika hatte stehenlassen. Als er sich umdrehte, bemerkte er die seltsame Erscheinung.

»Was wollen Sie denn hier?«

»Haben Sie irgendwelche Schirme auszubessern oder Rohrstühle zu flechten?« fragte der Fremde in mechanischem Tonfall.

Cotton wies ihn hinaus.

»Machen Sie, daß Sie fortkommen! Wer hat Sie überhaupt hereingelassen?«

»Der Wächter unten am Parktor sagte, daß Sie hier etwas auszubessern hätten.«

»Dann gehen Sie zum hinteren Eingang, bei der Küche. Machen Sie, daß Sie von hier verschwinden!«

Aber der Mann rührte sich nicht.

»Wer wohnt eigentlich hier?«

»Colonel Redmayne, wenn Sie es durchaus wissen müssen. Gehen Sie, draußen links, die Küche ist dort hinten um die Ecke. Beeilen Sie sich und erzählen Sie mir hier keine langen Geschichten mehr.«

Der Mann mit der Lederschürze sah sich anerkennend in der Halle um.

»Ganz schön eingerichtet alles!«

Cotton wurde rot vor Ärger.

»Verstehen Sie nicht, was ich Ihnen sage? Scheren Sie sich endlich fort, die Küche ist um die Ecke!«

Der Schirmflicker kümmerte sich nicht darum, er trat sogar einen Schritt in die Halle hinein.

»Wie lange wohnt er denn schon hier – ich meine Mr. Redmayne?«

»Zehn Jahre«, rief der Butler wütend. »Ist das jetzt alles, was Sie wissen wollen? Wenn es Ihnen nicht genügt, können Sie gleich noch eine Tracht Prügel haben!«

»Zehn Jahre –«, wiederholte der Schirmflicker. »Ich möchte diesen Colonel zu gern einmal sehen.«

»Soll ich Ihnen vielleicht eine Empfehlung an ihn geben?« fragte Cotton ironisch. »Solche Herumtreiber wie Sie schätzt er ganz besonders.«

In diesem Augenblick stürzte Mary atemlos ins Haus.

»Schicken Sie diesen jungen Mann fort!« Sie zeigte erregt auf Ferdie Fane, der ihr bis zur Haustür gefolgt war. Den Mann mit der Lederschürze bemerkte sie in der Aufregung gar nicht.

»Was für einen jungen Mann, Miss Mary?« fragte Cotton. »Ach ja, das ist doch der Herr, der gestern kam. Er war recht liebenswürdig.«

»Das ist mir ganz gleich«, erwiderte sie zornig. »Sie sollen ihn wegschicken!«

»Kann ich Ihnen behilflich sein?«

Erstaunt betrachtete sie den Schirmflicker, der ihr diese Frage gestellt hatte.

»Nein, das können Sie nicht!« erklärte Cotton bestimmt.

»Wer sind Sie?« fragte Mary. Sein Blick erschreckte sie.

»Er kam einfach hier herein«, berichtete Cotton. »Ich schickte ihn zum hinteren Eingang, und wenn Sie jetzt nicht gekommen wären, hätte ich ihn gleich hinausgeworfen.«

»Es ist mir ganz egal, wer er ist, er soll Ihnen helfen, diesen Mann fortzuschicken, diesen niederträchtigen, aufdringlichen ...«

Sie brach ab, denn Fane stand vor dem offenen Fenster und schaute seelenruhig hinein.

»Guten Tag allerseits! Wie geht's?«

»Wie kommen Sie dazu, mir hierher zu folgen!« rief Mary außer sich. »Verstehen Sie denn nicht, daß mein Vater und ich Sie nicht sehen wollen? Es liegt uns nichts daran, Ihre Bekanntschaft zu machen.«

»Sie kennen mich ja gar nicht«, erwiderte er verletzt, und Sie wissen nicht einmal, daß ich Ferdie heiße.«

Sie wäre wohl besser stillschweigend gegangen, aber seine Anmaßung reizte sie so sehr zum Widerspruch, daß sie blieb.

»Sie haben sich mir aufgedrängt, obwohl ich Ihnen klar und deutlich gesagt habe, daß ich nichts mit Ihnen zu tun haben will.«

»Ich möchte aber hier im Hause wohnen. Warum sollte ich das nicht können?«

»Sie brauchen kein Zimmer hier, Sie haben eines im Roten Löwen, und dorthin gehören Sie auch!«

Der Mann mit der Lederschürze mischte sich ein.

»Also hören Sie doch – die Dame wünscht nicht, daß Sie bleiben, also gehen Sie!«

Fane kümmerte sich nicht um ihn.

»Ich gehe nicht in den Roten Löwen zurück«, erklärte er kategorisch. »Das Bier schmeckt mir dort nicht. Ich durchschaue die ganze Geschichte.«

Eine Hand legte sich auf seine Schulter.

»Wollen Sie jetzt den Mund halten und gehen?« fragte der Schirmflicker.

Mr. Fane drehte sich um.

»Unterstehen Sie sich! Ich warne Sie, in Gegenwart einer jungen Dame ...«

»Machen Sie keine langen Redensarten, verschwinden Sie!«

Fane packte den andern plötzlich am Handgelenk und warf den großen, kräftigen Mann mit einer kurzen Bewegung zu Boden.

»Jiu-Jitsu«, sagte Fane entschuldigend.

Hinter sich hörte er einen ärgerlichen Ausruf, drehte sich um und stand Colonel Redmayne gegenüber.

»Was hat das alles zu bedeuten?«

Aufgeregt setzte ihn seine Tochter vom Vorgefallenen in Kenntnis.

»Bringen Sie den Mann in die Küche«, befahl er Cotton, und als der Butler mit dem Schirmflicker vom Schauplatz verschwunden war, fragte er Fane: »Was wollen Sie?«

Der Colonel sprach ruhiger, als Mary erwartet hatte.

»Ich möchte ein Zimmer bei Ihnen haben.«

»Ich sagte Ihnen bereits gestern, daß ich kein Zimmer für Sie habe und nicht will, daß Sie in meinem Haus wohnen.« Auf ein Zeichen ihres Vaters entfernte sich Mary. Redmayne hielt nun seine Wut nicht mehr zurück. »Glauben Sie eigentlich, daß Sie sich einfach ins Haus drängen können? Sie sind ein abscheulicher Trunkenbold ohne Anstand und ohne das geringste Taktgefühl. Haben Sie nichts Besseres zu tun, als sich von morgens bis abends zu betrinken?«

»Ich dachte, Sie würden mir trotzdem ein Zimmer geben«, antwortete Ferdie stur.

Gleich darauf erschien Cotton wieder.

»Zeigen Sie diesem Herrn den Weg hinaus. Begleiten Sie ihn bis zum Parktor.«

Erst sah es so aus, als ob Fane Schwierigkeiten machen wollte, aber dann zeigte er sich gefügig, lehnte jedoch die Begleitung des Butlers ab.

Als Fane durch den Park ging, trat aus dem Gebüsch der Mann mit der Lederschürze und versperrte ihm den Weg. Ein paar Sekunden standen sie sich gegenüber und musterten sich schweigend.

»Ich kenne nur einen, der mich mit diesem Griff zu Boden schleudern könnte – darum wollte ich Sie mir noch einmal genauer ansehen. Ja, Sie sind es wirklich! Seit zehn Jahren habe ich

Sie nicht gesehen, und ich hätte Sie auch nicht wiedererkannt, wenn Sie mich nicht an der Hand gepackt hätten.«

Ferdie Fane verzog keine Miene. Er schien vollkommen nüchtern zu sein.

»Ja, ich spiele meine Rolle gut. Doch Sie, Mr. Connor, haben viel mehr gesehen, als Sie sehen sollten!«

»Ich fürchte mich nicht vor Ihnen. Versuchen Sie nicht, mich von hier zu vertreiben. Sie arbeiten wieder mit Ihrem alten Trick, spielen den ewig Besoffenen . . .«

»Connor«, unterbrach Fane scharf, »ich rate Ihnen, entfernen Sie sich auf dem schnellsten Wege. Wenn Sie heute abend noch hier sind, sind Sie ein toter Mann!«

Keiner von beiden hatte bemerkt, daß Mary Redmayne auf einem Seitenpfad vorbeigekommen war und, von Sträuchern verdeckt, die Unterhaltung mitangehört hatte.

9

Mrs. Elvery behauptete von sich selbst, daß sie alles sehr genau beobachte, und die Dienstboten beschwerten sich denn auch darüber, daß sie ihnen nachspioniere. Vor allem konnte der Butler Cotton sie nicht leiden, wozu er seit diesem Tage ganz besonderen Grund hatte. Sie überraschte ihn nämlich am Nachmittag in vertrauter Unterhaltung mit dem Schirmflicker, als ihm dieser gerade eine abenteuerliche Geschichte von einem ungeheuren Schatz erzählte, der in den gewölbten Kellern des Herrenhauses verborgen liegen sollte.

Sofort ging sie zu Colonel Redmayne und berichtete ihm alles. Zuerst schien er bestürzt, tat dann aber so, als interessierte ihn die Geschichte, die sie da erzählte, nur wenig. Mrs. Elvery war ihm höchst unsympathisch. Er zog sich in sein Arbeitszimmer zurück und schloß sich dort ein, was er häufig zu tun pflegte. In einem Wandschrank verwahrte er stets eine Flasche und zwei Gläser; das war bequem, denn wenn jemand an die Tür klopfte, konnte er sie gleich wegschließen.

»Der Colonel ist ein grober, ungehobelter Bär«, sagte Mrs. Elvery nachher zu ihrer Tochter, zog aufgeregt den Vorhang vom Fenster zurück und sah in den dunklen Park hinaus. »Ich bin sicher, daß wir heute abend hier noch irgend etwas Unheimliches erleben. Das habe ich schon zu Mr. Goodman gesagt, aber der wollte nichts davon hören.«

»Ich wollte, du würdest dich nicht so viel darum kümmern«, erwiderte Veronika. »Du machst mich schon ganz nervös damit.«

Mrs. Elvery schaute in den Spiegel und ordnete ihre Haare.

»Ich habe das Gespenst schon zweimal gesehen«, erklärte sie selbstzufrieden. Sie schwieg eine Weile, dann drehte sie sich um. »Dieser Cotton kommt mir jetzt sehr verdächtig vor. Ob der wirklich Butler ist? Ich weiß nicht –«

»Was meinst du denn jetzt wieder, Mutter?«

»Er ist den ganzen Tag herumgeschlichen. Ich habe ihn abgefaßt, als er die Kellertreppe heraufkam. Als er mich sah, erschrak er und wußte nicht, was er anfangen sollte.«

»Was hast du eigentlich wirklich gesehen, Mutter, als du neulich so furchtbar aufschriest?«

»Ich sah eine Gestalt, die über den Rasen lief und mit den Händen in der Luft herumfuchtelte – es war entsetzlich!«

»Was für eine Gestalt?«

»Einen Mönch! Er trug eine schwarze Kutte, und sein Gesicht war unter einer großen Kapuze verborgen.«

Der Abend war stürmisch und regnerisch. Der Wind rüttelte an den Fensterläden.

»Es ist hier oben unheimlich, wir wollen nach unten gehen.«

Als sie in die große Halle kamen, fanden sie dort einzig Mr. Goodman vor. Er seufzte leise, als er die beiden kommen sah.

»Mr. Goodman, hat Ihnen meine Mutter schon gesagt, was sie neulich nachts im Park gesehen hat?«

Er sah sie mißmutig über die Brille hinweg an.

»Wenn Sie schon wieder von Gespenstern zu reden anfangen wollen . . .«

»Nein, es handelt sich diesmal um Mönche«, sagte Veronika.

»Es handelt sich nur um diesen einen Mönch«, verbesserte Mrs. Elvery ihre Tochter. »Ich habe nie behauptet, daß ich mehr als einen gesehen habe.«

»Einen Mönch?« fragte Goodman und lachte leise. Er erhob sich vom Sofa, auf dem er immer saß, ging quer durch die Halle und klopfte an die Wand. »Wenn es ein Mönch war, müßte er durch diese Tür gekommen sein.«

Mrs. Elvery starrte ihn mit offenem Mund an.

»Welche Tür?«

»Hier ist die Mönchstür«, erklärte Mr. Goodman. »Die Eichentäfelung stammt noch aus der Zeit, als dies ein Mönchskloster war.«

Mrs. Elvery nahm ihr Lorgnon und untersuchte neugierig die Wand. Auch sie konnte jetzt die in die Holzverkleidung eingelassene Tür unterscheiden. An einigen Stellen war das Holz vom Anfassen glattgescheuert und heller als die übrige Wand.

»Auf diesem Weg kamen einst die Mönche in die Halle. Man vermutet, daß dieser Gang zu einer unterirdischen Kapelle führte, die bis zur Reformation in Gebrauch war. Diese Halle hier muß ein Vorraum zum Refektorium, dem Speisesaal des Klosters, gewesen sein. Die ganze bauliche Anlage ist später natürlich verändert worden, und wahrscheinlich hat man den Gang zur Mönchskapelle zugemauert. Nach alten Berichten pflegten die Mönche die Kapelle jeden Tag zu besuchen. Sie stiegen in geschlossenem Zug zu zweien hinunter. Die unterirdische Kapelle oder Krypta war eine Grabkirche, die an die Vergänglichkeit alles Irdischen erinnern sollte.«

»Wenn irgendwo da unten wirklich eine Kapelle existierte«, folgerte Mrs. Elvery triumphierend, »dann erklärt dies vollkommen, warum man immer Orgelspiel hört.«

»Nein, das ist alles nur Einbildung. Wenn man gut gegessen hat, träumt man unruhig. Das ist meiner Meinung nach die einzige Erklärung.« Mr. Goodman wechselte das Thema. »Wie steht es nun mit dem jungen Mr. Fane? Wird er herkommen?«

»Nein. Er ist zwar ein interessanter junger Mann, aber man will ihn ja nicht haben. Hier werden nur alte, uninteressante Vogelscheuchen aufgenommen.« Im gleichen Augenblick fiel ihr ein, daß sie das nicht hätte sagen dürfen. »Damit meine ich natürlich nicht Sie, Mr. Goodman!«

Die Tür wurde geöffnet, Mary Redmayne kam herein.

»Wir sprachen eben über Mr. Fane«, sagte Mrs. Elvery.

»So?« fragte Mary. »Was gibt es so Interessantes über ihn zu erzählen?«

Das Gespräch schleppte sich eine Weile hin, schließlich wünschte man sich gute Nacht. Der Colonel hatte sich nicht sehen lassen. Er saß in seinem Arbeitszimmer. Mary wartete, bis die Gäste sich zurückgezogen hatten, dann klopfte sie bei ihm an. Von draußen konnte sie hören, wie er den Wandschrank schloß, bevor er öffnete.

»Guten Abend, mein Liebling«, empfing er sie mit unsicherer Stimme.

»Ich möchte mit dir sprechen, Vater.«

Er machte eine müde, abwehrende Bewegung.

»Es wäre mir lieber, du würdest mich heute abend in Ruhe lassen. Ich bin so nervös.«

Sie schloß die Tür, ging auf ihn zu und legte eine Hand auf seine Schulter.

»Vater, können wir nicht von hier fortziehen? Es wäre doch am besten, wenn wir das entsetzliche Haus verkauften.«

Er hielt den Blick gesenkt und sagte, er könne verstehen, daß sie sich hier langweile.

»Nein, das meine ich nicht. Es ist nicht langweiliger hier als in der Schule. Aber es ist unheimlich. Irgend etwas stimmt nicht. Ich fürchte mich hier!«

Er sah sie nicht an.

»Ich verstehe nicht recht, wie du das meinst.«

»Aber Vater, es geht hier doch etwas Furchtbares vor! Du weißt es sehr gut. Nein, glaube nicht, daß ich nervös bin und mir etwas einbilde. Ich habe es letzte Nacht selbst gehört – zuerst Orgelspiel, dann einen entsetzlichen Schrei! Ich kann es nicht länger ertragen. Ich sah eine Gestalt, die über den Rasen lief, schwarz vermummt. Mrs. Elvery hat den Schrei auch . . . Aber hör doch –! Was ist das?« Sie war bleich geworden und zitterte. »Hörst du es nicht?«

»Das ist der Wind – nichts als der Wind.«

»So hör doch –« flüsterte sie. Auch er mußte die schwachen Orgelklänge vernommen haben. »Hörst du immer noch nichts?«

»Nein«, antwortete er eigensinnig.

Sie bückte sich und lauschte.

»Wirklich nicht? Unten – die Schritte auf dem Steinboden . . .«

Plötzlich schrie sie auf. Es klopfte laut an die Haustür.

»Jemand ist vor der Tür«, sagte sie leise.

Redmayne zog eine Schublade auf und nahm einen Browning heraus, den er in seine Rocktasche steckte.

»Geh in dein Zimmer«, befahl er seiner Tochter.

Er trat in den dunklen Gang hinaus, blieb einen Augenblick stehen und knipste das Licht an. Von den Dienstbotenräumen her tauchte Cotton auf. Er war vollkommen angekleidet.

»Was ist los?« fragte Redmayne.

»Es muß jemand an der Tür sein. Soll ich öffnen?«

Eine Sekunde zögerte der Colonel.

»Ja.«

Cotton nahm die Kette weg, drehte den Schlüssel um und riß die Tür auf. Ein Mann stand draußen, der ein wenig hin und her zu schwanken schien.

»Es tut mir leid, daß ich Sie störe«, sagte Ferdie Fane. »Ich bin der zweite Besucher, der heute abend in Ihr Haus kommt.«

Er machte ein paar Schritte hinein. Sein Mantel war vom Regen durchnäßt.

»Was wünschen Sie?« fragte Redmayne, den der Anblick des halb Betrunkenen in gewisser Hinsicht erleichterte.

»Man hat mich aus dem Roten Löwen hinausgeschmissen.« Fane sah den Colonel mit glasigem Blick an. »Ich möchte hier wohnen.«

»Lass' ihn hierbleiben, Vater!«

Redmayne drehte sich um. Seine Tochter stand hinter ihm.

»Bitte, lass' ihn hier wohnen. Er kann Zimmer 7 haben.«

Ein Lächeln glitt über Mr. Fanes Gesicht.

»Vielen Dank für die Einladung. Ich nehme sie selbstverständlich an.«

Mary musterte ihn erstaunt. Sein nasser Mantel tropfte auf den Fußboden. Er mußte Stunden draußen im stürmischen Wetter zugebracht haben. Wo mochte er gewesen sein und wozu?

Seltsam war auch, daß er so wenig sprach. Cotton brachte ihn auf Zimmer 7, das in einem entfernteren Flügel lag. Marys Zimmer befand sich über der Halle. Sie verabschiedete sich von ihrem Vater, schloß sich ein und ging zu Bett. Aber sie war zu aufgeregt, um schlafen zu können. Unruhig warf sie sich von einer Seite auf die andere.

Als sie gerade etwas Ruhe gefunden hatte, hörte sie ein sonderbares Geräusch und richtete sich im Bett auf. Der Wind heulte ums Haus und trieb den Regen gegen die Fensterscheiben. Doch nicht davon war sie aufgewacht. Von unten hörte sie Stimmen. Eine davon konnte Cottons Stimme sein, oder auch die ihres Vaters, denn beide hatten tiefe Stimmen.

Auf einmal vernahm sie grauenhafte Laute, die sie vor Schreck erstarren ließen. Es war das furchtbare Lachen eines Wahnsinnigen, das heraufklang. Sie sprang aus dem Bett, zog ihren Morgenrock an und eilte die Treppe hinunter. Als sie sich über das Geländer beugte, sah sie unten im Entree eine Gestalt.

»Wer ist da?« fragte sie atemlos.

»Es ist alles in Ordnung, Liebling.«

Es war ihr Vater. Sein Schlafzimmer lag im Erdgeschoß gleich neben seinem Arbeitszimmer.

»Hast du etwas gehört, Vater?«

»Nein, nichts«, sagte er barsch. »Geh zu Bett!«

»Ich will nicht zu Bett gehen.« Entschlossen kam sie die letzten Treppenstufen hinab. »Es war jemand in der Halle – ich habe sprechen gehört.«

Sie machte einen Schritt auf die Tür zur Halle zu, legte die Hand auf die Klinke, als er sie am Arm packte.

»Um Gottes willen, Mary, geh nicht hinein!«

Unwillig machte sie sich frei und riß die Tür auf.

Es war vollkommen dunkel. Ein Schritt, sie hob die Hand, knipste das Licht an. In der ersten Sekunde sah sie nichts.

Mitten im Zimmer lag ein Mann auf dem Rücken, der mit weitgeöffneten Augen zur Decke starrte – tot.

Es war der Fremde mit der Lederschürze, der am Morgen die Auseinandersetzung mit Ferdie Fane gehabt hatte.

10

Chefinspektor Hallick kam mit einem Fotografen und seinem Assistenten im Auto von London. Sowohl er als auch der Polizeiinspektor, zu dessen Bereich Monkshall gehörte, erkannten den Toten sofort.

Connor! Joe Connor, der noch vor einigen Monaten im Gefängnis verkündet hatte, daß er O'Shea suchen und finden werde! Und jetzt lag er hier mit gebrochenem Genick am Boden. Alle Anzeichen sprachen dafür, daß O'Shea der Täter war – und Connor nicht sein erstes Opfer.

Hallick ließ die Gäste, später auch die Dienstboten, einzeln in die Halle kommen und fragte sie, was sie gehört hätten. Cotton war sehr gesprächig und erzählte viel. Ja, natürlich, dies sei der Mann, mit dem es am Morgen Anstände gegeben habe, aber wie er jetzt ins Haus gekommen sei, könne er sich nicht erklären. Die Türen wären verschlossen und verriegelt gewesen und kein Fenster erbrochen worden.

Mr. Goodman mußte einen gesunden Schlaf haben, er hatte nichts gehört, allerdings wohnte er in einem andern Flügel des Gebäudes. Mrs. Elvery war aufgeregt und suchte den Polizeibeamten alle möglichen Theorien vorzutragen, die sie sich sofort gebildet hatte, aber sie konnte auch nichts Wichtiges aussagen.

»Fane – wer ist nur Fane?« fragte Hallick.

Cotton berichtete ausführlich über den neuen Gast und die genauen Umstände, unter denen er ins Haus gekommen war.

»Ich will später mit ihm sprechen«, entschied Hallick. »Haben Sie sonst noch einen Gast hier?« Er warf einen Blick ins Fremdenbuch.

»Der neue Gast kommt erst morgen, es ist ein Pfarrer«, antwortete der Butler.

Hallick sah Cotton eindringlich an.

»Habe ich Sie nicht schon früher einmal gesehen?«

»Nein, mich nicht«, entgegnete Cotton nervös.

»Hm –. Und jetzt möchte ich Miss Redmayne sprechen.«

Goodman, der sich noch in der Halle aufhielt, wandte sich an den Chefinspektor:

»Ich hoffe, daß Sie Miss Redmayne nicht zu sehr beunruhigen. Sie ist wirklich ein äußerst gutmütiges, liebes Mädchen – nun ja, wenn ich jünger wäre ...« Er lächelte entschuldigend. »Sie halten mich vielleicht für sentimental, aber Sie sehen, selbst Kaufleute können romantisch sein.«

»Das kann auch Kriminalbeamten passieren«, bemerkte Hallick. »Verliebtheit ist kein Verbrechen, Mr. Goodman.«

»Das denke ich auch. Torheit ist kein Verbrechen, aber sie kommt mit dem Alter.«

Goodman wollte hinausgehen. Hallick bat ihn, die Seitentür zu benützen.

Mary hatte erwartet, daß man sie rufen würde. Sie war bedrückt und fürchtete sich, als ein Beamter sie in die Halle rief. Sie hatte den Chefinspektor noch nicht gesehen und erwartete einen vierschrötigen Mann. Um so überraschter war sie, einen liebenswürdigen, freundlichen Herrn vorzufinden. Als sie eintrat, sprach er gerade mit Cotton und nahm eine Weile keine Notiz von ihr.

»Haben Sie wirklich keine Ahnung, wie dieser Mann ins Haus gekommen sein könnte?«

»Nein«, sagte Cotton.

»Und Fenster und Haustür waren verschlossen und verriegelt?«

»Ich habe ihn nicht hereingelassen!« beteuerte der Butler.

Hallick kniff die Augen zusammen.

»Das haben Sie nun schon zweimal gesagt. Als ich Sie heute morgen fragte, haben Sie genau die gleichen Worte gebraucht. Außerdem haben Sie mir erzählt, daß Sie an Mr. Fanes Zimmer vorbeikamen, daß die Tür offenstand und das Zimmer leer war. Ferner habe ich hier notiert, daß der Mann, der die Polizei benachrichtigte, sich als Mr. Cotton ausgab, doch stellten Sie in Abrede, es gewesen zu sein.«

»Das stimmt alles ganz genau.«

Jetzt erst bemerkte Hallick Miss Redmayne und gab Cotton ein Zeichen, daß er gehen könne.

»Also, Miss Redmayne, Sie haben den Mann vorher nie gesehen?«

»Doch, aber nur kurz.«

»Haben Sie ihn wiedererkannt.«

»Ja.«

Hallick sah auf den Fußboden.

»Wo liegt Ihr Schlafzimmer?«

»Über der Halle.«

Sie sah, daß einer der Beamten alles protokollierte, was sie aussagte.

»Sie müssen also etwas gehört haben. Unten hat irgendein Kampf stattgefunden – das muß Ihnen aufgefallen sein. Haben Sie einen Schrei gehört?«

»Nein.«

»Wissen Sie, um welche Zeit der Mord geschehen ist?«

»Mein Vater sagt, es muß ein Uhr gewesen sein.«

»Lagen Sie zu der Zeit im Bett? Wo war Ihr Vater – hier in der Nähe der Halle?«

»Nein«, antwortete sie mit Nachdruck.

»Warum sind Sie so sicher in diesem Fall?«

»Als ich hörte, wie die Tür geschlossen wurde ...«

»Was für eine Tür?«

Seine Zwischenfrage brachte sie in Verwirrung.

»Diese Tür.« Sie zeigte auf den Eingang zur Halle. »Als sie geschlossen wurde, habe ich über das Geländer gesehen und meinen Vater unten im Gang bemerkt.«

»Wohin ging er? Zur Halle? Oder kam er von da? Und wie war er gekleidet?«

»Ich habe ihn nicht gesehen«, erwiderte sie verzweifelt. »Es brannte kein Licht im Entree. Ich weiß auch nicht genau, ob es diese Tür war.«

Hallick lächelte.

»Werden Sie nicht nervös, Miss Redmayne. Der Ermordete hieß Joe Connor und war der Polizei als Einbrecher bekannt. Es ist sehr leicht möglich, daß Ihr Vater ihn beim Einbruch überraschte und beim Kampf, der darauf folgte, tötete. So etwas kann doch vorkommen.«

Mary schüttelte den Kopf.

»Glauben Sie nicht, daß so etwas passiert sein könnte? Er erschrak, als er merkte, daß der Mann tot war, und sagte, daß er mit alledem nichts zu tun habe.«

»Nein.« Ihre Stimme klang laut und bestimmt.

»Haben Sie in der letzten Nacht nichts Außergewöhnliches gehört, das auf einen Kampf hier unten hätte deuten können?«

Sie antwortete nicht.

»Haben Sie überhaupt einmal etwas Außergewöhnliches in Monkshall bemerkt oder gesehen?«

»Es muß alles Einbildung gewesen sein«, erwiderte sie leise. »Aber einmal glaubte ich eine dunkle Gestalt draußen auf der Wiese vor dem Haus gesehen zu haben. Sie trug ein Gewand wie ein Mönch.«

»Ein Geist also?« fragte er lächelnd.

»Sie sehen, ich bin nervös und bilde mir ein, Dinge zu sehen, die gar nicht existieren. Manchmal nachts in meinem Zimmer glaubte ich von ganz unten Schritte auf dem Steinboden unterscheiden zu können – und dann habe ich auch Orgelspiel gehört.«

»Sind diese Geräusche klar, so daß Sie sie deutlich erkennen können?«

»Ja, es ist ...«

»Ich verstehe. Und doch haben Sie gestern abend nichts von dem Kampf gehört, Miss Redmayne? Erinnern Sie sich, Sie müssen etwas gehört haben!«

Sie wurde unruhig.

»Nein, ich erinnere mich an nichts – ich habe nichts gehört.«

»Wirklich nicht? Meiner Meinung nach muß Connor zu Boden gestürzt sein, was großen Lärm verursacht hat. Sie wären bestimmt aufgewacht, wenn Sie geschlafen hätten – und Sie waren doch nervös und konnten nicht schlafen? Also, Miss Redmayne, Sie sehen, daß es keinen Zweck hat, etwas zu verheimlichen. Seit Sie diesen Mönch – oder was Sie dafür hielten – gesehen hatten, waren Sie doch außerordentlich furchtsam und nervös. Als Sie gestern abend Geräusche von unten hörten, öffneten Sie die Tür und schauten übers Treppengeländer. Die Stimme Ihres Vaters beruhigte Sie, es sei alles in Ordnung oder so etwas Ähnliches. Hat es sich nicht so zugetragen?«

Er sprach so freundlich und liebenswürdig, daß sie sich einen Augenblick lang täuschen ließ.

»Ja«, antwortete sie leise.

»Er hatte einen Morgenrock an, wie ich annehme, und wollte zu Bett gehen?«

»Ja«, sagte sie wieder.

»Gut. Vorhin sagten Sie mir aber, daß Sie Ihren Vater nicht gesehen hätten, und daß unten kein Licht brannte.«

Sie sprang auf.

»Sie wollen mich nur in Widersprüche verwickeln – ich antworte nicht mehr! Ich habe nichts gehört und nichts gesehen. Mein Vater war nicht hier unten – es war gar nicht seine Stimme ...«

»Es war meine Stimme, alter Freund!«

Hallick wandte sich schnell um.

Fane stand in der Tür und lächelte ihn an.

»Guten Tag! Mein Name ist Fane – Ferdie Fane. Was macht denn der Mord, den Sie hier aufklären wollen?«

»So, Sie also sind Fane?« fragte Hallick interessiert.

»Es war nicht Mr. Redmaynes, es war meine Stimme, alter Junge –«, wiederholte Fane.

»Das ist ja sonderbar!«

Hallick brach das Verhör ab, winkte seinem Assistenten und verließ mit ihm die Halle.

Mary starrte Fane verwundert an.

»Es war ja gar nicht Ihre Stimme«, sagte sie halb vorwurfsvoll. »Warum haben Sie das nur gesagt? Sehen Sie denn nicht, daß hier alle unter Verdacht stehen? Es ist doch Wahnsinn von Ihnen, so etwas zu behaupten. Die Polizei denkt noch, daß wir beide unter einer Decke stecken und zusammenarbeiten.«

Er sah sie strahlend an.

»Meinen Sie?«

Sie ging zur Tür, sah ins Entree hinaus. Vor dem Portal berieten Hallick und sein Assistent miteinander.

Mr. Fane hatte eine Whiskyflasche geholt und goß sich gerade ein Glas voll, als Mary sich wieder umdrehte.

»Nehmen Sie sich jetzt zusammen! Gleich werden sie zurückkommen und alle möglichen Fragen stellen. Ach, wenn man sich nur auf Sie verlassen und vernünftig mit Ihnen reden könnte! Es ist schrecklich, wenn ein Mann so verkommen ist wie Sie.«

»Schimpfen Sie nicht. Sie sollten sich schämen. Sagen Sie mir lieber . . .«

Cotton näherte sich ihnen. Eine gewisse Verschlagenheit lag in seinem Benehmen.

»Der neue Gast ist angekommen, Miss Mary«, meldete er. »Ich meine den Pfarrer.« Er trat zur Seite.

Ein hagerer, älterer Herr mit weißen Haaren und einer großen Hornbrille war eingetreten und kam auf sie zu. Seine Stimme klang sanft und herablassend. Er blickte freundlich um sich und schien mit sich und der Welt in Frieden zu leben.

»Habe ich die Ehre, mit Miss Redmayne zu sprechen?« fragte er. »Ich bin Pfarrer Ernest Partridge. Ich mußte zu Fuß gehen, obwohl ich eigentlich annahm, daß man mich an der Station abholen würde.«

Sein Händedruck war weich und ausdruckslos.

Mary ärgerte sich. Es war der denkbar ungünstigste Augenblick für einen neuen Gast.

»Es tut mir sehr leid, Mr. Partridge, aber wir sind alle in großer Aufregung. Cotton, bringen Sie den Koffer auf Nummer 3.«

Mr. Partridge erschrak.

»Warum sind Sie denn aufgeregt? Hoffentlich hat sich kein Unfall ereignet, der die Schönheit und den Frieden dieses wundervollen Platzes stören könnte?«

»Mein Vater wird Ihnen alles Nähere mitteilen. Darf ich Sie Mr. Fane vorstellen?«

Sie mußte sich zu diesem Akt der Höflichkeit zwingen.

In diesem Moment kam Hallick eilig in die Halle zurück.

»Haben Sie vielleicht einen Schauspieler im Haus, Miss Redmayne?«

»Schauspieler?« fragte sie verständnislos.

»Ja, natürlich, Leute, die sich gerne verkleiden. Filmdarsteller zum Beispiel. Die suchen doch manchmal solch malerische, romantische Orte auf und zeichnen sich durch verrückte Einfälle aus. Mein Assistent erzählt mir soeben, daß er einen Mann in einer schwarzen Kutte gesehen hat, der aus der Richtung der Mönchsgruft kam und ein Gewehr in der Hand trug – verdammt, da ist er!«

Er zeigte durch das offene Fenster in den Park. Mary wurde plötzlich unsanft zur Seite gerissen. Es war Fane. Empört wehrte sie sich dagegen.

Fast gleichzeitig fiel ein Schuß. Etwas sauste an ihrem Kopf vorbei und schlug in den Spiegel über dem Kamin ein. Es war so nahe vorbeigegangen, daß sie im ersten Moment glaubte, sie sei getroffen worden.

Ferdie Fane hatte ihr das Leben gerettet.

11

Die Örtlichkeiten wurden sofort untersucht. Gefunden wurde nichts außer einer Patronenhülse. Nach Abschluß seiner Erhebungen fuhr Hallick wieder in die Stadt und ließ Sergeant Dobie in Monkshall zurück.

Der Tag war furchtbar für Mary und wollte nicht enden. Die Gegenwart des Beamten beruhigte sie in gewisser Weise, während es ihren Vater nervös machte. Glücklicherweise hielt sich Sergeant Dobie im Hintergrund und fiel weiter nicht auf.

Nur zwei Bewohner des Hauses schienen sich um die schrecklichen Ereignisse nicht zu kümmern – Mr. Fane und der Pfarrer. Der Geistliche war sehr redselig und erzählte bei jeder passenden und unpassenden Gelegenheit Anekdoten, die niemand hören wollte. Einzig Mrs. Elvery fand ihn interessant und hatte endlich jemand gefunden, mit dem sie sich unterhalten konnte.

Ferdie Fane war für Mary ein Rätsel. Jetzt wußte sie erst recht nicht, was sie von ihm halten sollte. Nachdem sie ihn genauer kennengelernt hatte, gefiel er ihr doch ganz gut. Wenn er nur nicht so unmäßig getrunken hätte. Wie sehr sie ihn in Wirklichkeit schon schätzte, wollte sie sich selbst nicht eingestehen. Er allein war völlig kühl und ruhig geblieben, als der Schuß fiel, der beinahe ihrem und vielleicht auch seinem Leben ein Ende bereitet hätte.

Am Nachmittag unterhielt sie sich mit ihm. Er war liebenswürdig und ganz vernünftig.

»Sie glauben, der Kerl wollte mich erschießen? Um Himmels willen, nein! Aber schließlich hat jeder Feinde – auch ich!«

»So, haben Sie Feinde?«

»Vielleicht! Es gibt eine Menge Leute, die mit mir abrechnen wollen.«

»Mrs. Elvery sagte, Scotland Yard würde Inspektor Bradley herschicken.«

»Was für einen Zweck sollte das haben? Bradley ist ein völlig talentloser Beamter. Doch was hat die interessante Dame sonst noch zu berichten gewußt?«

Sie gingen zusammen durch die Ulmenallee, die zum Parktor führte. Noch vor zwei Tagen wäre Mary vor Fane geflohen, aber jetzt fühlte sie sich merkwürdig ruhig und zufrieden in seiner Gegenwart. Sie konnte es sich selbst nicht mehr erklären, warum sie ihn vorher nicht hatte ausstehen können.

»Mrs. Elvery ist Spezialistin für Verbrechen und sammelt alle Zeitungsausschnitte darüber schon seit vielen Jahren. Sie hat mir auch erzählt, daß der ermordete Connor in einen großen Goldraub verwickelt war, der sich vor einigen Jahren ereignete. Außerdem sprach sie von einem gewissen O'Shea . . .«

»O'Shea?« fiel ihr Fane ins Wort. Sein Gesichtsausdruck hatte sich verändert. »Zum Kuckuck, was weiß sie von O'Shea? Es wäre besser, sie würde sich in acht nehmen und nicht solchen Unsinn reden – ach, verzeihen Sie!«

Er lächelte wieder, aber seine Bestürzung war ihr nicht entgangen.

»Wissen Sie etwas von ihm?« fragte sie.

»Ja – allerdings nur ein Gerücht. Aber erzählen Sie mir doch, was Mrs. Elvery noch gesagt hat.«

»Sie behauptete, damals sei eine große Goldsendung verschwunden. Der Schatz soll irgendwo vergraben sein, ihrer Meinung nach hier in Monkshall. Connor habe danach gesucht und den Butler Cotton ins Vertrauen gezogen, damit der ihn ins Haus lasse – so jedenfalls kombinierte sie –, und daraus erkläre sich auch, warum die Tür verschlossen und kein Fenster erbrochen war. Ich hörte, wie sie diese ganze Geschichte Mr. Partridge erzählte. Mich mag sie nicht, sonst hätte sie mich damit sicher auch nicht verschont.«

Eine Weile gingen die beiden schweigend weiter.

»Wie gefällt er Ihnen – ich meine den neuen Gast, den Pfarrer Partridge?« fragte Ferdie.

»Ach, er ist ein ganz netter Mann.«

»Sie wollen wohl sagen, daß er Sie langweilt.« Fane lachte vor sich hin. »Warum gehen Sie nicht nach London?«

»Weshalb sollte ich Monkshall verlassen? Wie kommen Sie überhaupt darauf?«

Er blieb stehen und sah sie an.

»Meiner Meinung nach ist der Aufenthalt hier nichts für Sie. Es dürfte etwas zu gefährlich für eine junge Dame sein, glaube ich.«

»Warum denn?«

»Es gibt zwar Leute hier, die Sie anbeten und wahrscheinlich alles daransetzen würden, um Sie zu beschützen.«

»Meinen Sie meinen Vater?«

Sie war verlegen geworden und mißverstand ihn absichtlich, um das Gespräch in andere Bahnen zu lenken.

»Nein, ich meine zwei andere. Einer der beiden ist – Mr. Goodman.«

Sie lachte, halb ärgerlich, halb belustigt..

»Das ist doch Unsinn! Mr. Goodman ist so alt, daß er mein Vater sein könnte.«

»Trotzdem ist er immer noch jung genug, um sich in Sie zu verlieben. Mr. Goodman schätzt Sie außerordentlich, Miss Redmayne. Aber es gibt noch einen anderen, der sich sehr für Sie interessiert.«

»Sie meinen, wenn er nüchtern ist?« fragte sie herausfordernd. Es tat ihr sogleich leid, und sie verabschiedete sich. Er machte keinen Versuch, sie zurückzuhalten.

12

Inspektor Hallick war sehr mit seinen Gedanken beschäftigt, als er nach London zurückfuhr, aber er tappte doch nicht so im Dunkeln, wie sein Assistent annahm. Er war fest davon überzeugt, daß der Mord in Monkshall mit jenem Jahre zurückliegenden Goldraub zusammenhing.

Als er in sein Büro kam, gab er Auftrag, ihm die Akten über den großen Goldraub O'Sheas zu bringen. Danach nahm er sein Notizbuch zu Hilfe und zeichnete alles, was er in Monkshall erfahren und beobachtet hatte, ausführlich auf. Zweifellos war der Schuß von der Ruine aus abgegeben worden. Hallick hatte die Örtlichkeiten genau untersucht. Die Ruine der alten Kapelle, ganz mit Efeu überwachsen, lag hinter einer Baumgruppe versteckt. Wie der unbekannte Schütze entkommen konnte, war ein Geheimnis für sich. Hallick hielt es nicht für ausgeschlossen, daß eine der großen Steinplatten, die unter wucherndem Brombeer- und Weißdorngestrüpp lagen, vielleicht den Eingang zu einem unterirdischen Gang verbarg.

Er sprach über diesen Punkt mit einem der Inspektoren von Scotland Yard, der zu einer kurzen Unterredung in sein Büro kam. Es war der bekannte Inspektor Elk, der jedoch Hallicks Idee nicht gelten lassen wollte.

»Was reden Sie da von unterirdischen Gängen? Das ist doch immer das letzte Verlegenheitsmittel. Wenn der Verfasser eines Kriminalromans nicht weiter weiß, verfällt er auf derartigen Unsinn. Unterirdische Gänge und Geheimtüren in der Wandverkleidung! Einfach lächerlich!«

»Ich möchte die Möglichkeit doch nicht völlig ausschließen«, entgegnete Hallick. »Monkshall ist einer der ältesten bewohnten Sitze in England. Ich habe mir die Literatur darüber in der Bibliothek ein wenig angesehen und sogar Nachrichten aus der Zeit der Königin Elisabeth I. gefunden.«

Elk stöhnte.

»Ausgerechnet wieder dieses Weib! Es gibt nichts, das nicht irgendwie mit ihr zusammenhinge oder aus ihren Tagen stammte!«

Inspektor Elk hatte einen ganz persönlichen Grund, auf diese

Königin böse zu sein, denn er war einmal bei einem Examen durchgefallen, weil er die Daten ihrer Regierungszeit nicht genau angeben konnte.

»Natürlich, damals gab es Geheimtüren, unterirdische Gänge und solchen Kram!« meinte er verdrießlich.

»Setzen Sie sich doch, Elk! Ich muß Sie etwas fragen.«

»Wenn es sich um Geschichtsdaten handelt, dann sparen Sie sich die Mühe. Ich weiß von Ihrer Elisabeth nur . . .«

»Haben Sie je O'Shea gesehen?«

»Den Bankräuber? Nein, ich bin nie mit ihm in Berührung gekommen. Soviel ich weiß, ist er jetzt in Amerika. Oder sind Sie anderer Meinung?«

»Ich glaube, er ist in England«, erwiderte Hallick.

»Das möchte ich bezweifeln. Warum sollte er in England sein? In den letzten Jahren hat er sich völlig ruhig verhalten. Zwar könnte es sich ein Mann, der so viel Geld zusammengebracht hat wie er, leisten, in den Ruhestand zu treten. Aber was tun diese Gangster gewöhnlich, wenn sie große Beute gemacht haben? Sie tragen das Geld in den nächsten Spielklub und haben keine Ruhe, bis der letzte Shilling verloren ist. Und da ja O'Shea zudem nicht ganz richtig im Kopf ist . . .«

»Woher wissen Sie das?« unterbrach Hallick.

»O'Shea ist erblich belastet. Das ist eine Tatsache, obschon es seinerzeit bei den Verhandlungen nicht zur Sprache kam.«

»Ich habe nichts davon gewußt, bis Connor, als ich ihn im Gefängnis ausfragte, eine Bemerkung darüber machte. Wie haben Sie es denn erfahren?«

»Vor vielen Jahren hatte ich mich einmal mit dem Fall zu beschäftigen. Wir konnten, wie Sie wissen, weder O'Shea fassen, noch hatten wir sein Bild oder seine Fingerabdrücke zur Verfügung. Nur ein paar Schriftstücke, die von seiner Hand stammten, fanden wir. Es war in den Tagen vor dem letzten großen Goldraub, also noch bevor Sie den Fall übernahmen. Damals stellte ich Nachforschungen über seine Familie an. Sein Vater starb in einer Irrenanstalt, seine Schwester beging Selbstmord, sein Großvater hatte einen Mord auf dem Gewissen und starb während der Untersuchungshaft.«

Dieser Hintergrund war neu für Hallick. Inzwischen hatte ein Beamter ein umfangreiches Aktenstück und einen dünnen Schnellhefter gebracht. Der Inhalt des Hefters zeigte, daß in der letzten Zeit keine neuen Nachrichten über O'Shea eingegangen waren.

Elk beobachtete seinen Kollegen gespannt.

»Sie versuchen wohl, Ihre Erinnerungen an den großen Goldraub aufzufrischen? Wenn man sich so vorstellt, daß noch immer eine Unmenge Gold irgendwo versteckt liegt ... Übrigens, Bradley kennt alle Einzelheiten aufs beste. Wenn Sie davon überzeugt sind, daß die Ermordung Connors mit O'Shea zu tun hat, würde ich ihn an Ihrer Stelle sofort telegrafisch zurückrufen.«

Hallick blätterte weiter in den Akten, ohne aufzusehen.

»Was Connor betrifft«, fuhr Elk nach einer Weile fort, »so hat er schließlich nur seinen Lohn bekommen. Natürlich hat O'Shea ihn hintergangen, aber er selbst hat früher mehr Kameraden und Freunde betrogen als irgendein anderer. Marks ist zwar auch nicht viel besser, ich kenne die beiden gut. Wo ist jetzt eigentlich dieser Marks?«

Hallick schloß die Akten.

»Ich weiß es nicht. Gewöhnlich trieb er sich in Hammersmith herum. Wenn ich ihn einmal erwischen würde – ich möchte ihn dringend warnen.«

Elk grinste.

»Den können Sie nicht warnen. Der kommt sich viel zu schlau vor. Nächstens finden wir ihn noch auf der Universität Oxford oder Cambridge. Persönlich sind mir ja die klugen und schlauen Verbrecher lieber, denn sie fangen sich immer irgendwann selbst. Man braucht sich bei ihnen nicht besonders anzustrengen.«

»Nein, das glaube ich nicht, daß er ins Garn geht oder sich selbst einen Strick dreht. Ich befürchte vielmehr, daß O'Shea ihn eher fängt als umgekehrt.«

Hallick rief Monkshall an, doch Sergeant Dobie konnte ihm nichts Neues mitteilen.

»Ist Mrs. Elvery abgereist?«

»Nein, die bleibt bis zur Aufklärung des Falles hier. Sie ist nun einmal auf Verbrechen versessen. Ja, noch etwas, Mr. Hallick, Ferdie Fane ist schon wieder betrunken.«

»Ist er überhaupt je nüchtern?«

Dobie berichtete noch, daß im Lauf des Tages Zeitungsreporter erschienen wären, die versucht hätten, den Colonel zu sprechen.

»Ich habe sie alle wieder fortgeschickt. Das Leben in Monkshall nimmt seinen gewohnten Gang. Im allgemeinen nimmt man an, daß Connor einen Komplicen hatte, und daß es den beiden gelang, das Gold zu finden. Darauf sind sie in Streit geraten, und Connor wurde ermordet. Natürlich von seinem Komplicen, der sich mit der Beute davongemacht hat.« Der Sergeant machte eine Pause. »Wenn ich vorhin sagte, daß man das im allgemeinen annimmt, so stimmt das eigentlich nicht ganz. Es ist mehr meine Idee. Was halten Sie davon?«

»Ach, alles Humbug!« brummte Hallick und legte auf.

18

Die Polizeimaschinerie von Scotland Yard lief auf Hochtouren. Erhebungen wurden gemacht, nach allen Richtungen Nachforschungen angestellt. Man hatte sich eingehend um das Vorleben der Gäste, die in Monkshall wohnten, gekümmert. Nicht einmal Mrs. Elvery und ihre Tochter wurden davon ausgenommen. Gegen Mitternacht lagen Hallick bereits ausführliche Berichte vor. Inspektor Elk brachte sie ihm.

Mrs. Elvery, eine wohlhabende Dame, befand sich seit dem Tod ihres Mannes ständig auf Reisen. Es ging ihr wirklich gut, und sie brauchte nicht zu sparen. Man hätte sie unter Umständen sogar reich nennen können. Sie gehörte zu jenen undefinierbaren Frauen in mittleren Jahren, die von einem Hotel zum anderen ziehen, um in luxuriöser Umgebung verhältnismäßig sparsam zu leben. Man findet sie im August am Lido, im Juli in Deauville und im Winter an der Riviera oder in Ägypten.

Mr. Goodman war stiller Teilhaber in einer alten, nicht gerade sehr erfolgreichen Importfirma. Früher hatte er sich viele

Jahre lang aktiv in dem Unternehmen betätigt. Hallick zog daraus den Schluß, daß die Firma bedeutend besser floriert haben mußte, bevor sich Goodman ins Privatleben zurückzog.

Die Akten über Cotton war nicht gerade glänzend. Er war dreimal des Diebstahls verdächtigt und verhaftet worden. Aber jedesmal hatte man ihn mangels Beweisen freisprechen müssen.

»Wir müssen uns Cottons Fingerabdrücke beschaffen«, äußerte Hallick zu Elk, »das weitere wird sich finden.«

Colonel Redmayne war früher ein armer Militärarzt gewesen und wegen Trunksucht entlassen worden. Aufgrund dubioser Machenschaften hatte er daraufhin eine leitende Stellung beim Roten Kreuz erhalten. Als dann ziemlich viel Geld aus der von ihm verwalteten Kasse verschwand, hatte man eine Untersuchung gegen ihn eingeleitet, und Scotland Yard war auf ihn aufmerksam geworden. Von einer Anklage wurde jedoch abgesehen, da das erforderliche Beweismaterial nicht erbracht werden konnte. Zudem wurde das fehlende Geld ersetzt, und man ließ daher die Sache fallen. Als er später Monkshall kaufte, kam er von neuem ins Gerede.

»Militärarzt war er also?«

Diese Nachrichten über Redmayne waren für Hallick neu. Inspektor Elk hatte sie selbst zusammengetragen.

»Er war schon vor dem Krieg im Dienst und ist im Lauf der Jahre zum Colonel befördert worden.«

Als Elk gegangen war, studierte Hallick noch einen großen, alten Plan von Monkshall und Umgebung. Daneben lag eine Detailzeichnung vom Entree und der Halle, die man in Connors Tasche gefunden hatte. Eines stand jedenfalls fest – Connor war nicht ins Haus eingebrochen. Es mußte ihn also jemand eingelassen haben. Wer kam dafür in Frage? Redmayne selbst hätte es nicht getan, ebensowenig seine Tochter. Es konnte nur jemand vom Personal gewesen sein, und sicher niemand anders als Cotton. In das alte, gutgesicherte Haus einzudringen, ohne einen Verbündeten zu haben, war nahezu unmöglich. Alle Fenster und Außentüren waren mit elektrischen Alarmanlagen versehen. Es sah ganz so aus, als ob Colonel Redmayne früher oder später einen unerwünschten Besucher erwartet hätte.

Hallick legte sich in dieser Nacht todmüde zu Bett. Eigentlich erwartete er einen Anruf, aber es ereignete sich nichts. Er rief Monkshall an, bevor er am nächsten Morgen sein Haus verließ. Dobie meldete, daß alles in Ordnung sei. Der Sergeant hatte sich nicht zur Ruhe gelegt. Er habe, wie er sagte, weder Geräusche gehört noch ein Gespenst gesehen.«

»Was reden Sie schon wieder für einen Unsinn von Gespenstern?« tadelte ihn Hallick.

»Ich fange tatsächlich an zu glauben, daß es hier etwas gibt, das nicht mit natürlichen Dingen zugeht.«

»Das ist Unfug, Sergeant! Sie dürfen sich solchem Geschwätz nicht hingeben.«

Der Chefinspektor hatte noch einen anderen Fall zu bearbeiten, der ihn zwei Stunden in Anspruch nahm. Es war beinahe Mittag geworden, als er in sein Büro zurückkehrte.

»Mr. Goodman wartet auf Sie«, teilte ihm sein Assistent mit. »Er möchte Sie sprechen. Ich habe ihn ins Empfangszimmer geführt.«

»Goodman?« Im ersten Moment konnte sich Hallick nicht auf den Namen besinnen. »Ach ja, ist das nicht der alte Herr aus Monkshall? Was will er von mir?«

»Er sagte nur, daß er Sie sprechen wolle. Als er erfuhr, daß Sie nicht da seien, wollte er unbedingt warten.«

»Bringen Sie ihn herein!«

Mr. Goodman wirkte schüchtern und zurückhaltend. Umständlich legte er seinen Hut und Regenschirm auf einen Stuhl.

»Ich habe, offen gestanden, erwartet, daß Sie mich nicht empfangen würden, denn Sie haben jetzt bestimmt alle Hände voll zu tun. Aber da ich eine Besorgung in der Stadt hatte, dachte ich, daß ich es jedenfalls versuchen könnte.«

»Ich freue mich, daß Sie mich hier besuchen, Mr. Goodman«, erwiderte Hallick und schob ihm einen Stuhl hin. »Haben Sie sich auch eine Theorie gebildet über den Mord in Monkshall?«

Goodman lächelte schuldbewußt.

»Ich habe Ihnen ja schon gesagt, daß ich keine Erklärung weiß. Aber ich bin besorgt um Miss Redmayne. Sie haben Sie verhört, und sie war sehr bedrückt deshalb.« Er machte eine

Pause, aber Hallick half ihm nicht weiter. »Sie wissen – ja, ich würde alles tun, um diesen mysteriösen Fall aufzuklären, und ich bin fest überzeugt, daß ihr Vater mit dieser schrecklichen Angelegenheit nichts zu tun hat.«

»Ich habe auch nichts dergleichen behauptet«, wandte Hallick ein.

»Ja, ich verstehe, aber ich bin schließlich doch nicht ganz so dumm, wie es den Anschein haben mag. Ich weiß wohl, daß er unter Verdacht steht, ebenso wie alle, die dort wohnen, mehr oder weniger verdächtig sind. Auch ich bin nicht ausgeschlossen.«

Wieder entstand eine Pause. Hallick blieb auch diesmal stumm, gespannt, was nun folgen würde.

»Ich bin ein verhältnismäßig wohlhabender Mann«, versicherte Goodman verlegen. Es machte ihm Mühe, den Vorschlag, den er äußern wollte, zu formulieren. »Ich möchte, das heißt, ich bin bereit, eine große Summe auszugeben, nicht gerade, um der Polizei zu helfen, aber um Colonel Redmayne von jedem Verdacht zu reinigen. Wahrscheinlich kommt Ihnen mein Vorschlag sonderbar vor, aber ich habe Sie aufgesucht, um Ihnen zu sagen, daß ich einen Detektiv von Scotland Yard engagieren möchte.«

»Wenn Sie ihn engagieren wollen wie einen Privatdetektiv, so ist dies nicht möglich.«

»Nicht? Das tut mir leid. Ich habe so viel von Mrs. Elvery vernommen – sie ist zwar etwas zu redselig und kann einem manchmal auf die Nerven fallen, aber sie hat eine außerordentliche Kenntnis in kriminalistischen Dingen. Und sie betont immer wieder, daß es im Yard einen tüchtigen Beamten gebe, der diesen Fall sofort aufklären könnte – Inspektor Bradley.«

Hallick lachte.

»Inspektor Bradley ist im Augenblick nicht in England.«

»Ach, das ist schade«, erwiderte Mr. Goodman betrübt. »Mrs. Elvery sagt . . .«

»Ich fürchte nur, daß sie sehr viel sagt, das uns nicht weiterhilft«, unterbrach ihn Hallick. »Es tut mir furchtbar leid, aber ich kann Ihren Wunsch nicht erfüllen. Es ist wohl auch am besten, wenn Sie uns die Aufklärung des Falles überlassen, denn wir haben keinen andern Wunsch, als die Wahrheit ans Licht zu bringen. Wir wollen jede Person, die unter falschem Verdacht steht, davon befreien, aber ebenso fest sind wir entschlossen, den Täter ausfindig zu machen und ihn vor den Richter zu bringen.«

Damit wäre die Unterredung eigentlich zu Ende gewesen, doch Mr. Goodman blieb noch sitzen und schaute Hallick unsicher an.

»Schade«, wiederholte er. »Furchtbar schade. Mr. Bradley ist im Ausland. Dann kann ich also meine Neugierde nicht befriedigen. Und Mrs. Elvery hat mir so viel von diesem tüchtigen Detektiv erzählt! Er ist doch sicher sehr klug?«

»Sicher. Er ist einer der fähigsten Beamten von Scotland Yard.«

»Sehen Sie! Um so trauriger für mich – ich hätte zu gern gewußt, wie er aussieht.«

Hallick warf Goodman einen kurzen Blick zu und sah dann nach der Wand, an der drei Gruppenbilder hingen. Eines davon holte er herunter und legte es vor sich auf den Tisch. Ungefähr dreißig Beamte waren darauf zu sehen, die nebeneinander saßen oder standen. ›Die Beamtenschaft des Polizeipräsidiums‹ stand darunter.

»Ich kann Ihre Neugierde doch befriedigen. Der vierte Mann von links, gleich neben dem Polizeipräsidenten, ist Inspektor Bradley.« Hallick schob das Foto über den Tisch. »Er sieht allerdings nicht aus wie ein Detektiv, ist aber trotzdem der tüchtigste Beamte von Scotland Yard.«

Mr. Goodman rückte seine Brille zurecht und betrachtete das Bild genau. Lange starrte er darauf, dann lächelte er ein wenig nervös.

»Es war sehr freundlich von Ihnen, Mr. Hallick. Sie haben recht, er sieht wirklich nicht aus wie ein Detektiv, aber das ist ja im Grunde auch bei den anderen Beamten von Scotland Yard nicht der Fall. Sie sehen alle aus wie . . .«

»Wie gewöhnliche Leute«, ergänzte Hallick und zwinkerte ihm zu. Er hängte das Bild wieder an die Wand. »Wegen Miss Redmayne brauchen Sie sich keine Sorgen zu machen. Und denken Sie bloß nicht mehr daran, einen Detektiv für die Sache zu engagieren. Es wäre weder für Miss Redmayne noch für ihren Vater von irgendwelchem Nutzen. Unschuldige haben nichts zu befürchten. Sie kennen doch Colonel Redmayne seit langer Zeit, wie ich annehme?«

»Ja, fast ein Leben lang.«

»Dann kennen Sie auch seine Vergangenheit?«

»Ja –.« Goodman zögerte. »Ich glaube, daß sie mir bekannt ist. Es gab ein paar unglückliche Zwischenfälle in seiner Karriere, er hat mir alles selbst erzählt. Ich muß auch sagen, daß er sehr viel trinkt, das ist sehr schade. Aber ich glaube, er hat noch mehr getrunken, als sich jene unliebsamen Ereignisse abspielten.«

Er griff nach Hut und Schirm, holte seine Pfeife aus der Tasche, sah sie an und steckte sie hastig wieder ein.

»Sie können hier ruhig rauchen, Mr. Goodman, wir bringen Sie deshalb nicht an den Galgen!«

Hallick lachte und begleitete seinen Gast durch den langen Korridor. Er ging mit ihm sogar die Treppe hinunter bis zur Eingangshalle. Dort verabschiedete er sich von ihm.

14

Es war vier Uhr, als Goodman an der kleinen Station ankam, die noch einen Kilometer von Monkshall entfernt lag. Er machte sich zu Fuß auf den Weg ins Dorf.

Er war schon ein paar Minuten unterwegs, als er das Geräusch eines Autos hinter sich hörte. Er schaute sich nicht um und war überrascht, als der Wagen neben ihm hielt und ihn jemand anrief. Es war Ferdie Fane, der am Steuer saß.

»Steigen Sie ein, junger Mann!« Fane hatte ein rotes, erhitztes Gesicht. Seine Augen blitzten vergnügt hinter der großen Hornbrille.

Mr. Goodman befürchtete, Fane habe zuviel getrunken.

»Nein, danke vielmals, ich will lieber zu Fuß gehen.«

»Ach, reden Sie keinen solchen Unsinn – steigen Sie ein! Ich kann viel besser fahren, wenn ich einen gekippt habe, als wenn ich in nüchternem Zustand die Gegend unsicher mache. Aber ich kann Ihnen die Versicherung geben, daß ich nichts getrunken habe.«

Zögernd stieg Goodman ein und nahm neben Fane Platz.

»Ich fahre ganz langsam, Sie müssen wirklich keine Angst haben.«

»Glauben Sie denn, daß ich Angst habe?« fragte Goodman etwas bedrückt.

»Das weiß ich bestimmt. Wo sind Sie eigentlich heute gewesen?«

»Ich bin nach London gefahren.«

»Oh, eine interessante Stadt, nicht wahr? Aber es wohnt sich nicht sehr nett dort.«

Fane hielt Wort und fuhr mit äußerster Vorsicht, wie Mr. Goodman beruhigt feststellte. Er wunderte sich, wie Ferdie Fane zu dem Wagen gekommen war, und fragte ihn danach.

»Ich habe ihn mir geliehen – von einem Räuber und Straßendieb aus dem Dorf, gegen schweres Geld. Können Sie auch fahren?«

Mr. Goodman schüttelte den Kopf.

»Für einen Personenwagen ist der Weg hier nicht schlecht«, bemerkte Fane, »aber mit einem Lastwagen wird es bedenklich, besonders wenn man schwer geladen hat. Kennen Sie Lark Hill?«

»Ja.«

»Dort oben ist ein Lastwagen steckengeblieben. Ich glaube, er wird auch nicht so bald von der Stelle kommen, obwohl die Straße im Augenblick trocken ist. Um wieviel schwieriger muß es mit schwerer Ladung in einer regnerischen Nacht sein! Die Steigung zum Hügel hinauf hat schon manchem Chauffeur zu schaffen gemacht.«

Fane sprach pausenlos über alle möglichen Dinge. Schließlich gelangten sie an den Fuß des steilen Hügels, wo ein großer Lastwagen verlassen am Straßenrand stand. Mit Genugtuung zeigte Ferdie darauf.

»Sehen Sie, da steht der Kasten noch immer! Es wird ziemlich Mühe und Arbeit kosten, um ihn wieder flott zu bekommen.«

Bald darauf erreichten sie Monkshall. Fane gab einem der

Angestellten, der den Wagen ins Dorf zurückbringen sollte, ein Trinkgeld und verschwand ins Haus.

Goodman schaute sich um. Seine Augen waren, trotz des Alters, noch recht gut. In der Nähe der Ruine bemerkte er eine schlanke Gestalt – Mary. Sie wollte gerade zum Tee gehen und kam ihm entgegen. Er fand, daß sie etwas angestrengt und blaß aussah.

»Hat sich nichts ereignet heute?« fragte er.

»Nein, Mr. Goodman, aber ich habe Angst vor der kommenden Nacht.«

Er legte ihr sanft die Hand auf die Schulter.

»Liebes Kind, Sie sollten wirklich von hier fortgehen. Ich muß einmal mit dem Colonel darüber sprechen.«

»Bitte, tun Sie es nicht«, bat sie dringend. »Vater will nicht, daß ich gehe. Aber die letzten Tage haben mich nervös gemacht.«

»Ist der junge Mann wieder aufdringlich geworden?«

»Nein. Sie meinen doch Mr. Fane? Er war sehr nett zu mir, ich habe ihn heute nur ein paar Minuten gesprochen. Er ist mit einem Auto weggefahren und fragte mich ...« Sie brach ab.

»Hat er Sie eingeladen, mitzufahren?«

»Er war aber wirklich sehr nett«, erwiderte sie schnell. »Ich war nur nicht in der Stimmung, eine Spazierfahrt zu machen. Ist er nicht soeben zurückgekommen? Hat er Sie nach Hause gebracht?«

Goodman erzählte, daß er unterwegs Ferdie Fane getroffen habe, und Mary lachte zum erstenmal an diesem Tage.

»Es ist seltsam. Manchmal ist er ganz vernünftig. Dann kann ich ihn gut leiden. Cotton scheint ihn zu hassen, er sagte mir heute, daß er kündigen würde, wenn Mr. Fane das Haus nicht verließe.«

»Sie haben zur Zeit recht viel Sorgen mit Ihrem Haushalt, nicht wahr? Hoffentlich ist der neue Gast nett und liebenswürdig?«

»Mr. Partridge? Ach, ja, natürlich – heute habe ich ihn noch nicht gesehen.«

»Sie können das jetzt nachholen.« Goodman zeigte zum Rasen hinüber.

Dort stand Mr. Partridge. In seinem schwarzen Rock konnte man ihn vor dem dunklen Hintergrund der Bäume kaum unterscheiden. Langsam ging er auf und ab und las in einem Buch. Allem Anschein nach fesselte ihn die Lektüre nicht besonders. Er klappte das Buch zu und kam auf die beiden zu.

»Ist dies hier nicht ein herrliches Fleckchen Erde, liebe Miss Redmayne? Ein wundervoller Platz, ein Paradies auf Erden!«

Bei Tag besehen wirkte sein Gesicht nicht so sanft und freundlich, im Gegenteil, seine Züge waren hart und scharf, und seine dunklen Augen hatten einen stechenden Glanz. Nur seine Stimme klang nach wie vor liebenswürdig, wenn auch etwas zu salbungsvoll. Irgendwie hatte er Mary vom ersten Augenblick an mißfallen, und jetzt erschien er ihr noch abstoßender als am Anfang.

»Ich sah Sie mit einem Wagen ankommen«, wandte sich Partridge vorwurfsvoll an Goodman. »Mr. Fane saß am Steuer. Ein merkwürdiger junger Mann. Leider scheint er sich dem Alkohol ergeben zu haben!«

»Ich kann jedoch bezeugen«, antwortete Mr. Goodman, »daß Fane heute vollkommen nüchtern ist. Er hat mich mit außerordentlicher Geschicklichkeit nach Hause gefahren. Er ist nur leicht erregbar, und vielleicht tut man ihm manchmal unrecht wegen seines seltsamen Verhaltens.«

Der Pfarrer warf den Kopf zurück. Er konnte Fane nicht leiden und hielt nicht viel von ihm.

An Fanes Benehmen war nichts auszusetzen, als er kurz darauf zum Tee in der Halle erschien. Er wollte sich allein an einen Tisch setzen, doch Mr. Goodman lud ihn in den kleinen Kreis ein, der aus Mrs. Elvery, Mary und den beiden Herren bestand. Er war sehr ruhig, und obwohl er mehrere Male Gelegenheit gehabt hätte, in die Unterhaltung einzugreifen, hielt er sich zurück, blieb liebenswürdig und bescheiden.

Mary beobachtete ihn heimlich. Es fiel ihr auf, daß er älter sein mußte, als sie anfangs geglaubt hatte. Seine Haare waren an den Schläfen leicht angegraut, und obwohl das Gesicht glatt und faltenlos war, zeigten doch die entschlossenen, etwas harten Züge an, daß er die Dreißig überschritten haben mußte. Vielleicht ging er auch schon gegen die Vierzig. Er hatte eine tiefe, manchmal etwas brüske Stimme.

Mary fand, daß er heute ziemlich nervös war, denn ein- oder zweimal, als sie ihn ansprach, zuckte er zusammen und mußte sich Mühe geben, den Tee nicht zu verschütten, weil er gerade die Tasse in der Hand hielt.

Als sich die Gesellschaft zerstreute, fragte ihn Mary:

»Warum sind Sie heute so geistesabwesend, Mr. Fane?«

»Ist es Ihnen aufgefallen? Ja, es ist zu merkwürdig, aber in Gegenwart von Pfarrern werde ich immer ganz niedergeschlagen.«

»Was haben Sie den ganzen Tag gemacht?«

Es ging sie eigentlich nichts an, und sie erkundigte sich auch nur, um die Unterhaltung fortzusetzen.

»Ich habe nach Gespenstern gejagt.« Als er sah, daß sie noch blasser wurde, als sie ohnehin schon war, tat ihm die Antwort leid. »Entschuldigen Sie vielmals, das hätte ich nicht so unvermittelt sagen sollen.«

Trotzdem – er hatte es ernst gemeint. Dies wurde ihr klar, als sie allein in ihrem Zimmer war und über Ferdie Fane nachdachte. Bestimmt hatte er versucht, der Geistererscheinung auf den Grund zu kommen. Anderseits – wäre es nicht möglich, daß er selbst der Mönch in der schwarzen Kutte war? Sie ließ den Gedanken sofort wieder fallen. So etwas konnte und wollte sie nicht glauben.

15

Die Dunkelheit brach herein. Mit ihr breitete sich eine Atmosphäre des Geheimnisvollen und Schrecklichen über Monkshall aus.

Als plötzlich das Telefon in der einsamen Halle schrillte, tauchte Cotton aus der Dunkelheit auf und eilte zum Apparat. Er hob ab und vernahm Hallicks Stimme, was ihn nicht gerade angenehm berührte. Seine Abneigung galt nicht nur Mr. Fane, sondern auch dem Chefinspektor. Er befürchtete ständig, Hallick könnte sich zu sehr für seine Vergangenheit interessieren.

»Ich möchte mit Sergeant Dobie sprechen.«

»Jawohl, ich werde ihn rufen.«

Das war jedoch nicht nötig, denn als sich Cotton umdrehte, stand der Sergeant bereits hinter ihm.

»Werde ich verlangt?«

Cotton reichte ihm den Hörer.

»Was gibt es?« rief Dobie ins Telefon, drehte sich aber nochmals nach Cotton um und machte ihm Zeichen, zu verschwinden. Als der Butler noch immer zögerte, fuhr er ihn ungeduldig an: »Machen Sie endlich, daß Sie wegkommen!«

»Haben Sie etwas gefunden?« erkundigte sich Hallick.

»Nein, nichts Besonderes, nur noch eine zweite leere Patronenhülse – die erste haben Sie ja bereits mitgenommen.«

Eine kleine Pause entstand, dann sagte Hallick:

»Ich habe das Gefühl, es könnte sich heute nacht etwas ereignen. Sie haben doch meine Privatnummer? Gut, scheuen Sie sich nicht, mich anzurufen, wenn etwas Außergewöhnliches geschehen sollte. Es ist ganz gleichgültig, auch wenn sich die Sache später als harmlos erweist. Spätestens eine Stunde nach dem Anruf kann ich bei Ihnen sein.«

Dobie hängte den Hörer ein, als Mr. Goodman langsam in die Halle trat. Er trug einen schwarzen Hausrock und hatte die Pfeife zwischen den Zähnen. Dobie wollte hinausgehen und war schon an der Tür, da sprach ihn Mr. Goodman an.

»Sie bleiben doch die Nacht über im Haus, Mr. Dobie? Das ist wenigstens eine Beruhigung!«

»Sind Sie nervös?«

»Ja, ich kann es ruhig zugeben, ich bin ein wenig beunruhigt. Wenn mir jemand noch vor ein paar Tagen gesagt hätte, daß ich ängstlich werden könnte, würde ich ihn ausgelacht haben. Neue Anhaltspunkte haben Sie wohl nicht gefunden?«

»Nein, nicht den geringsten.«

»Und wenn Sie eine Neuigkeit wüßten, würden Sie sie mir doch nicht verraten! Ich kenne die Gewohnheiten der Beamten von Scotland Yard ein wenig. Aber schließlich dürfen Sie Ihr Herz ja auch nicht auf der Zunge tragen. Haben Sie eigentlich herausgefunden, wer gestern durchs Fenster in die Halle schoß?

Ich frage nur, weil ich den ganzen Tag in der Stadt war und über die heutigen Ereignisse nicht im Bilde bin.«

»Nein, den Schützen haben wir nicht finden können.«

Goodman machte es sich auf dem Sofa bequem, zog sein Zigarrenetui hervor und hielt es dem Sergeanten hin. Dobie nahm dankend eine duftende Havanna. Keiner von beiden bemerkte, daß die Tür aufging und Mr. Partridge einen Blick in die Halle warf.

»Ich habe heute einen Besuch in Scotland Yard gemacht«, berichtete Mr. Goodman. »Dort hatte ich eine Unterredung mit Mr. Hallick. Ich muß sagen, er ist wirklich sehr liebenswürdig.«

»Da haben Sie vollkommen recht«, stimmte ihm Dobie zu.

John Hallick war einer der wenigen höheren Beamten, die keine Feinde unter ihren Untergebenen hatten. Der Dienst ging ihm über alles, und er erkannte jede Leistung an.

»Die ganze Situation ist ziemlich ungewöhnlich«, äußerte Mr. Goodman tiefsinnig. »Noch nie ist mir etwas Ähnliches begegnet. Wissen Sie, nach und nach habe ich mir eine Theorie gebildet.«

»Sie wollen wohl Mrs. Elvery Konkurrenz machen?« meinte Dobie belustigt.

Goodman tat ein wenig beleidigt, fuhr aber unbeirrt fort.

»Als wir gestern morgen Connor tot hier in der Halle fanden, mußte ich sofort an ein früheres Verbrechen denken – an den Überfall auf den Goldtransport während des Krieges. Drei Leute waren an der Affäre beteiligt. O'Shea war der Führer, Marks und Connor arbeiteten mit ihm zusammen. Ich habe Mrs. Elvery gegenüber absichtlich nichts davon erwähnt, sonst hätte sie mich nicht mehr in Ruhe gelassen. Aber ich interessiere mich auch für Verbrechen, und ich bin fest davon überzeugt, daß es sich bei dem ermordeten Connor um den vom Goldraub handelte.«

»Glauben Sie wirklich?«

Goodman lächelte befriedigt.

»Sie bestärken mich nur in meiner Ansicht, weil Sie so unschuldig tun. Es war bestimmt der gleiche Connor, der damals erwischt und verurteilt wurde.«

»Haben Sie mit Mr. Hallick darüber gesprochen?« fragte Dobie.

»Nein.«

»Nun, Scotland Yard hat ohnehin bereits die Presse informiert, darum kann ich Ihnen ruhig verraten, daß Sie mit Ihrer Vermutung recht haben.«

»Hm.« Goodman runzelte die Stirn. »Ich überlege mir nur, wie lange er im Gefängnis gesessen hat. Meiner Meinung nach kann er doch erst kürzlich entlassen worden sein?«

»Vor einem Monat. Kurz danach auch Marks.«

Mr. Goodman strahlte.

»Sehen Sie, ich wußte doch, daß ich recht hatte. Für Namen und Tatsachen habe ich ein sehr gutes Gedächtnis.«

Dobie hatte eigentlich nichts mehr in der Halle zu tun. Trotzdem blieb er.

»Sie werden wahrscheinlich nicht mehr lange hier in Monkshall wohnen?« fragte er. »Es ist ja gewöhnlich so, daß die Gäste ausziehen, wenn in einer Pension ein Mord passiert.«

Goodman schüttelte den Kopf.

»Ich wüßte nicht, warum ich wegziehen sollte. Ich bin ein alter Junggeselle und hasse jede Veränderung. Vielleicht bin ich ein wenig gefühllos, aber mich hat die Geschichte weniger beunruhigt als die anderen. Doch, um auf meine Theorie zurückzukommen – nehmen wir einmal an, dieser Mord steht im Zusammenhang mit dem Überfall auf den Goldtransport . . .«

Das Gesicht des Sergeanten wurde hart und abweisend. Er zeigte sich nicht bereit, diese Angelegenheit weiter mit Goodman zu besprechen, und er sagte ihm dies auch.

»Natürlich, Sie haben vollkommen recht«, entschuldigte sich Goodman. »Es tut mir leid, daß ich darauf keine Rücksicht nahm.«

»So schlimm ist es auch wieder nicht«, antwortete Dobie. »Vielleicht sind Sie der Wahrheit näher, als Sie glauben.«

Goodman spürte, daß der Sergeant im Grunde gern alles erzählt hätte, was er wußte. Doch wurde jetzt ihre Unterhaltung durch den Eintritt von Mrs. Elvery und ihrer Tochter gestört. Ihnen folgte Mr. Partridge, der einen Wollknäuel trug.

Mrs. Elvery zitterte vor Erregung, weil sie Goodman etwas Neues mitzuteilen hatte.

»Jetzt habe ich aber wirklich eine Überraschung für Sie!«

Goodman schloß resigniert das Buch, das er soeben zur Tarnung aufgeschlagen hatte.

»Wissen Sie schon, daß Mr. Partridge eine Autorität auf dem Gebiet des Spiritismus ist?«

»Und ich bin eine Autorität für Zubereitung guten Kaffees«, entgegnete er unlustig und nahm eine Tasse vom Tablett, das ihm Cotton hinhielt. »Wenn Sie hier guten Kaffee zu trinken bekommen, haben Sie es allein mir zu verdanken. Ich mußte es der Köchin erst mühsam beibringen, und es hat einige Jahre gedauert, bis sie es richtig begriff. Jetzt schmeckt der Kaffee wenigstens nicht mehr wie Spülwasser. Und nun kommen Sie mir ausgerechnet mit Spiritismus! Davon will ich nichts wissen.«

Mr. Partridge entschuldigte sich sofort.

»Sie haben aber auch übertrieben, Mrs. Elvery! Zwar habe ich mich mit Spiritismus beschäftigt, aber nur als Laie. Eine Autorität auf diesem Gebiet bin ich keineswegs.«

»Dann haben Sie ja wohl nichts dagegen, daß es hier im Hause spukt?« fragte Goodman scherzhaft.

Der Pfarrer sah ihn vorwurfsvoll an und nahm dann ebenfalls eine Tasse vom Tablett, das Cotton ihm reichte. Er erkundigte sich eingehend nach den Umständen des gestrigen Mordes.

»Ich begreife wohl, wie schrecklich es für Sie alle gewesen sein muß, unmittelbare Zeugen dieses furchtbaren Verbrechens zu sein ...«

Während sich Partridge noch in derartigen Redensarten erging, kam Mary in die Halle.

Veronika, die in den Park hinaussah, wurde blaß und sprang auf.

»Ich habe ein Gesicht am Fenster gesehen!« rief sie atemlos.

»Ziehen Sie doch die Vorhänge zu«, riet Goodman.

Ein paar Minuten später kam Fane herein. Mary sah, daß Regentropfen an seinem Mantel hingen.

»Sind Sie ausgewesen?«

»Ja, ich habe mich im Park herumgetrieben.«

Mary nahm an, daß er wieder getrunken habe. Er sprach langsam, schleppend und schien auch nicht ganz sicher auf den Füßen zu stehen.

»Haben Sie den Mönch gesehen?« fragte Veronika.

»Wenn das der Fall gewesen wäre, hätte ich Mr. Partridge gerufen, um ihn den Geist beschwören zu lassen.«

Der Pfarrer warf ihm einen mißbilligenden Blick zu.

»Es ist alles so entsetzlich! Ich habe eben von der Tragödie gehört, die sich in der vergangenen Nacht hier abgespielt hat –.«

»Bitte, sprechen Sie nicht mehr davon. Gibt es denn gar kein anderes Thema?« fragte Veronika.

»Aber es ist doch unbegreiflich und grausam, wenn ein Mensch mitten in der Blüte seiner Jahre ...« predigte Partridge salbungsvoll. »Ich muß sagen, daß mich ein kalter Schauder überkam, als ich die Einzelheiten dieses grauenvollen Verbrechens hörte. Und soviel ich weiß, hat man noch nicht einmal den Namen des Toten feststellen können?«

Er nahm einen Schluck aus seiner Tasse.

»Da irren Sie sich«, erwiderte Fane. »Wir kennen den Namen des Toten sehr wohl. Ich wundere mich nur, daß Sie ihn noch nicht wissen.« Ihre Blicke trafen sich. »Der Name des Toten –«, schloß Fane mit besonderem Nachdruck, »war Connor – Joe Connor!«

Die Tasse entfiel der Hand des Pfarrers und zerschellte auf dem Parkettfußboden. In seinem Gesicht zeigte sich größte Bestürzung.

»Connor –«, wiederholte er leise, »Joe Connor!«

Fane beobachtete ihn scharf.

»Haben Sie den Mann gekannt?«

»Ich – ich habe schon von ihm gehört.«

Mr. Partridge fiel das Sprechen schwer.

»Joe Connor!« sagte er noch einmal. Kurz darauf verließ er das Zimmer.

Mary, die Partridge aufmerksam beobachtet hatte, war sehr erstaunt, und sah jetzt der Reihe nach zu den andern hin. Ob Mr. Goodman von dem Vorgefallenen überhaupt etwas bemerkt hatte? Er unterhielt sich angeregt mit Mrs. Elvery.

Später, als Mary ihn allein in der Halle vorfand, erzählte er ihr darüber.

»Mrs. Elvery war heute abend ausnahmsweise interessant. Sie zeigte mir ihre Sammlung von Zeitungsausschnitten, die sie in ein Buch geklebt hat, vor allem die über Connor. Es besteht gar kein Zweifel, daß der Ermordete mit dem Goldraub zu tun hatte. Ich habe sein Bild in Mrs. Elverys Sammlung gesehen. Ich sah auch noch eine andere Aufnahme, die mich sehr interessierte. – Haben Sie Mr. Fane schon einmal getroffen, bevor er nach Monkshall kam?«

»War es etwa eine Fotografie von Mr. Fane?« fragte sie.

Er zögerte einen Moment.

»Ja, ich glaube. Ich habe auch ein paar Nachforschungen angestellt und bin ziemlich sicher, daß Mr. Fane nicht das ist, was er hier zu sein vorgibt. Aber ich bitte Sie, ihm das unter keinen Umständen zu erzählen!«

Sie war überrascht, mit welcher Eindringlichkeit er sprach, und lachte.

»Selbstverständlich werde ich das nicht tun.«

»Mary! Mein liebes Kind, warum wollen Sie diesen Ort nicht verlassen und nach London gehen?«

»Es ist merkwürdig, daß Sie mir dies so sehr ans Herz legen. Genau dasselbe hat mir auch Mr. Fane geraten.«

»Der hat es aus einem anderen Grund getan.« Goodmans sonst so milde Stimme klang hart. »Ich rate es Ihnen, weil ich Sie – liebe. Ja, obschon ich soviel älter bin. Überlegen Sie es sich gut. Wenn Sie nein sagen, kann ich es auch verstehen.«

Sie war auf diese plötzliche Liebeserklärung nicht gefaßt und atmete auf, als Cotton hereinkam und ihr meldete, daß der Colonel sie in seinem Arbeitszimmer erwarte.

16

Ferdie Fane saß auf dem Sofa in der Halle und hoffte, daß Mary nochmals hereinschauen würde. Er wollte ihr etwas sagen, sie dringend warnen. Als er hörte, daß die Tür aufging, wandte er sich schnell um. Doch nicht Mary trat ein, sondern Mr. Partridge.

»Ach, verzeihen Sie, ich habe ein Buch hier liegenlassen.«

Fane erwiderte nichts, bis der Pfarrer, der sich wieder gefaßt zu haben schien, sich anschickte, die Halle zu verlassen.

»Die Geschichte mit Connor hat Ihnen einen kleinen Schock versetzt, nicht wahr, Mr. Partridge?«

»Wieso? Natürlich war ich traurig, als ich vom Tod dieses armen Mannes hörte.«

Fane grinste.

»Cotton war noch trauriger, als er die Scherben Ihrer Tasse vom Boden aufsammeln mußte! Würden Sie nicht einen Augenblick Platz nehmen?«

Der Pfarrer setzte sich neben Ferdie aufs Sofa.

»Welch schreckliches Schicksal den armen Connor ereilt hat –«, murmelte er mehr zu sich selbst.

»Connor war eben ziemlich verrückt«, entgegnete Fane. »Er war nicht so klug wie sein Kumpan.«

»Wen meinen Sie?« fragte Mr. Partridge neugierig.

»Ich meine Marks – haben Sie nie etwas von dem gehört? Er war der beste Mann O'Sheas. Kennen Sie den vielleicht auch nicht? Ich möchte wetten, daß Sie ihn nicht nur vom Hörensagen kennen, und wenn Sie ihn inzwischen noch nicht wiedererkannt haben sollten, werden Sie sehr bald erfahren, wer er ist.«

Der Pfarrer schüttelte den Kopf.

»Von dem, was Sie da sagen, verstehe ich kein Wort. Wen sollte ich wiedererkennen?«

»Marks war ein ziemlich kluger Kopf. Ich möchte ihm gern wenigstens eine Chance geben.«

Plötzlich packte Fane den Pfarrer an seinen weißen Haaren, zerrte daran und hielt im nächsten Augenblick eine Perücke in der Hand.

»Sie sind Marks!«

Der falsche Pfarrer sprang auf.

»Was, zum Teufel . . .«

»Machen Sie sich aus dem Staub, solange Sie noch können! Ich warne Sie, genauso wie ich Connor gewarnt habe. Sie fordern das Schicksal heraus, und Sie werden ihm nicht entrinnen können.«

»Das ist meine Sache. Ich lasse mich nicht von Ihnen beeinflussen.«

»Gut. Ich dachte mir, daß Sie meine Warnung in den Wind schlagen würden. Sie sind immer noch so selbstbewußt wie früher!«

Marks atmete schwer.

»Mich können Sie nicht erschrecken. Sie wissen, warum ich hergekommen bin. Ich will meinen Anteil an der Beute, und ich gehe nicht, bis ich ihn habe.«

»Dann werden Sie eben als Toter hier hinausgetragen«, erwiderte Fane düster.

»Glauben Sie? Sind Sie etwa Hellseher? Ich will Ihnen etwas sagen. Ich erkannte Sie im gleichen Augenblick, als Sie Connors Namen erwähnten. Es ist aber noch jemand anders hier im Haus, der Sie erkannt hat – der alte Goodman. Glauben Sie mir, der läßt nicht mit sich spaßen, dazu ist er zu weit in der Welt herumgekommen. Ich habe einen Blick aufgefangen, den er Ihnen zuwarf.«

»Was sagen Sie da von Goodman? Sie sind ja glatt verrückt.«

»So – verrückt? Ich war heute nachmittag im Dorf und habe ihn beobachtet, wie er vom Postamt aus nach London telefonierte. Er hat sich nach Ihnen erkundigt. Übrigens war Miss Redmayne auch dort. Da staunen Sie? Was werden Sie jetzt tun? Wollen Sie Goodman aus dem Weg räumen? Ich kenne Ihre Methoden, ich weiß auch, daß Sie den Trick, als Betrunkener in der Gegend herumzulungern, schon früher angewandt haben.«

»Ob er weiß, wer ich bin oder nicht, ist im Augenblick gleichgültig. Auf jeden Fall habe ich Sie gewarnt. Und wenn Sie meinen Rat nicht befolgen, geht es Ihnen genau wie Connor.«

Marks machte ein paar Schritte zur Tür.

»Sie haben mich allerdings deutlich genug gewarnt. Aber der Mann, der mir zuvorkommen will, muß sich beeilen . . .«

Er trat hinter die Portiere, öffnete die Glastür zum Park hinaus und verschwand.

Fane wartete einige Zeit. Als er Schritte vom Entree her hörte, benützte er die gegenüberliegende Tür, die auf den großen Rasen neben dem Haus führte. Er sah noch, wie sich die Tür vom Entree zur Halle öffnete.

Mr. Goodman kam herein. Er sprach mit sich selbst. Seine Blicke wanderten von einem Tisch zum andern. Er suchte seine Pfeife. Nach einer Weile fand er sie, steckte sie in die Tasche und ging langsam zur Tür zurück. Vor dem Sofa sah er etwas am Boden liegen, bückte sich und hob es auf. Es war die Perücke, die Fane Marks heruntergerissen hatte. Lange starrte er darauf, bis er auf einmal den kalten Luftzug spürte, der durch die offene Glastür hereinströmte. Er ging auf die Portiere zu, wollte sie zurückziehen, als er von zwei Händen an der Kehle gepackt und in die Nische gezogen wurde.

Mary war gerade im Begriff, zu Bett zu gehen, als sie die dumpfen Geräusche des Kampfes vernahm, der unten ausgefochten wurde. Sie hörte einen Schrei, schlüpfte in ihren Morgenrock und eilte die Treppe hinab. Sie stieß die Tür auf. Die Halle lag im Dunkeln.

»All right«, sagte eine Stimme.

Das Licht leuchtete auf. Ferdie Fane stand neben dem Fenster. Seine Kleider und seine Haare waren in Unordnung.

»Wo ist Mr. Goodman?« fragte Mary atemlos. »Ich hörte seine Stimme – wo ist er?«

»Ich habe nicht die leiseste Ahnung«, antwortete Fane.

Sie entdeckte eine Blutspur auf seinem weißen Frackhemd –. Als sie bewußtlos umsank, fing er sie in seinen Armen auf.

17

Um halb drei Uhr morgens waren alle Bewohner von Monkshall wach. Vor dem Haustor stand der beschmutzte Dienstwagen von Chefinspektor Hallick. Die Teppiche in der großen Halle waren aufgerollt worden, weil man nach verborgenen Falltüren suchte. Mrs. Elvery saß schläfrig in ihrem auffälligen roten Morgenrock in einem Polstersessel. Als Hallick von einer Durchsuchung des Parks zurückkehrte, war sie eingenickt und schnarchte. Er weckte sie.

»Folgen Sie meinem Rat, und gehen Sie zu Bett! Es ist fast drei Uhr.«

Sie blinzelte und begann leise zu weinen.

»Der arme Mr. Goodman! Er war ein so netter Herr, noch dazu ein Junggeselle. Nun wird es ganz still werden hier im Haus.«

»Wir wissen doch gar nicht, ob er tot ist«, fuhr Hallick sie an.

»Aber es waren doch Blutspuren auf dem Fußboden!« Sie schluchzte aufs neue. »Und Mr. Partridge, haben Sie den gefunden?«

»Der gute Mr. Partridge«, höhnte Hallick gereizt, »ist bereits auf dem Weg nach London. Um den brauchen Sie sich nicht mehr zu kümmern. Übrigens ist er ein alter Zuchthäusler und heißt Marks.«

Jetzt wurde Mrs. Elvery wach und lebendig.

»Haben Sie schon Cotton verhört? Der hat sich am vergangenen Abend sehr merkwürdig benommen. Zweimal war er unten im Keller, und als er das zweite Mal wieder heraufkam, waren seine Hosen beschmutzt – wissen Sie, weshalb?«

»Ich will es gar nicht wissen«, erklärte Hallick gelangweilt.

»Weil er nach dem Goldschatz suchte, der hier im Haus versteckt liegt. Ja, da staunen Sie, Inspektor!«

»Ihrer Meinung nach liegt also der Goldschatz hier im Hause versteckt? Sie bringen die alte Geschichte von O'Shea mit den Vorfällen in den letzten Tagen in Verbindung? Woher haben Sie denn diese Weisheit?«

»Aus meinen Zeitungsausschnitten«, versicherte Mrs. Elvery triumphierend.

»Ich möchte Sie jetzt aber wirklich bitten, zu Bett zu gehen«, sagte Hallick, und es gelang ihm endlich, sie zum Verlassen der Halle zu bewegen.

Als er mit seinem Assistenten allein war, und Sergeant Dobie über seine Nachforschungen berichtete, unterbrach ihn Hallick nervös:

»Redmayne? Nein, der kommt als Täter gar nicht in Frage! Warum sollte er auch . . .«

»Das wollte ich auch gar nicht behaupten«, rechtfertigte sich

Dobie. »Es geht um etwas anderes. Redmayne ist vollständig bankrott. Er hat eine beträchtliche Summe von Goodman geliehen. Nach Goodmans Verschwinden war das erste, daß er dessen Zimmer aufsuchte, einen Koffer erbrach und einen Schuldschein entwendete. Sehen Sie, hier ist er.«

Hallick schaute eine Weile auf das Papier.

»Rufen Sie Redmayne!«

Bald darauf kam der Colonel in die Halle.

»Ich möchte ein paar Fragen an Sie richten«, begann Hallick schroff.

»Es wird mir bald zuviel, immer wieder neue Fragen beantworten zu müssen.«

»Das ist schon möglich«, erwiderte Hallick ironisch. Er zog den Schuldschein aus der Tasche und hielt ihn dem Colonel hin. »Ist das vielleicht die Erklärung für das Gespenst in Monkshall? Passieren deshalb all die seltsamen Dinge hier – Spuk, Mord?«

»Das ist ein Schein über Geld, das ich mir borgen mußte«, erklärte Redmayne leise.

»Vor zehn Jahren waren Sie Sekretär und Schatzmeister beim Roten Kreuz. Unerwartet wurde eines Tages die Kasse revidiert, wobei sich herausstellte, daß eine größere Summe fehlte. Ihre Verhaftung stand nahe bevor, als Sie plötzlich das Geld ersetzten. Haben Sie es sich von Goodman geliehen?«

»Ja.«

»Vor ein oder zwei Stunden durchsuchten Sie Goodmans Papiere. Holten Sie sich diesen Schuldschein?«

»Ich lasse mich von Ihnen nicht verhören. Sie haben kein Recht, mich über meine Privatangelegenheiten auszufragen.«

»Colonel Redmayne –«, sagte der Chefinspektor ruhig und machte eine verheißungsvolle Pause, »in der vorigen Nacht wurde ein Mann in Ihrem Haus ermordet, heute abend ist einer Ihrer Gäste unter merkwürdigen Umständen verschwunden, die daran denken lassen, daß auch er ermordet wurde. Ich habe also wohl das Recht, Fragen an Sie zu richten. Ich habe sogar das Recht, Sie zu verhaften, wenn Sie sich nicht anders verhalten.«

»Gut, dann verhaften Sie mich!«

»Nehmen Sie endlich Vernunft an!« rief Hallick ärgerlich.

»Hier im Hause hält sich heimlich jemand auf, den Sie verstekken und beschützen!«

»Von wem reden Sie?« fragte Redmayne unruhig.

»Meiner Meinung nach ist diese Schuld bei Goodman nur vorgetäuscht worden. Zu der Zeit, als Sie dieses Geld angeblich borgten, standen Ihnen große Summen zur Verfügung. Sie haben dieses Haus gekauft, um einen Verbrecher zu beherbergen, gegen den ein Haftbefehl erlassen worden war – Leonard O'Shea.«

»Das ist eine Lüge!« stieß Redmayne hervor.

»Dann will ich Ihnen noch mehr sagen. Irgendwo hier in diesen Mauern liegt das Gold, das seinerzeit mit der ›Aritania‹ von Australien nach England kam und auf dem Transport nach London verschwand. Und irgendwo in den unterirdischen Gewölben verbirgt sich ein halb Wahnsinniger.«

Der Colonel wich einen Schritt zurück.

»Ich habe alles getan, was ich tun konnte, um ihn fernzuhalten. Glauben Sie denn, daß ich ihn hier haben wollte?«

»Wir werden bald Klarheit in die Sache bringen.«

Hallick gab Dobie ein Zeichen. Der Sergeant führte den Colonel, der es widerstandslos hinnahm, in sein Arbeitszimmer zurück.

Hallick folgte ihnen.

18

Als die Tür hinter dem Chefinspektor zufiel, kam Mr. Fane hinter der Portiere hervor. Er hatte die Kleidung gewechselt und trug nun einen Golfanzug. Er ging nochmals zur Glastür zurück und rief vorsichtig jemandem im Garten etwas zu.

Gleich darauf tauchte Mary aus der Dunkelheit des Parks auf.

»Kommen Sie ruhig herein, es ist niemand hier. Die Leute brauchen ja nicht unbedingt zu erfahren, daß Sie allein mit mir im Park spazierengingen.«

Sie zog ihren Regenmantel aus und ließ sich müde in einen Sessel fallen.

»Die Nacht ist so unheimlich, und doch fühlte ich mich da draußen in Ihrer Begleitung sicherer als hier im Haus.«

»Ich fühle mich im Augenblick nirgends recht sicher«, meinte Fane. »Ich werde hier schlafen – wo ist eigentlich Cotton?«

»Was wollen Sie von ihm?«

»Ich möchte noch etwas trinken.« Er klingelte.

Cotton trat sofort ein. Er mußte draußen vor der Tür gestanden haben. Seine Kleider waren naß, die Stiefel schmutzig.

»Hallo!« Fane betrachtete ihn eingehend. »Sind Sie draußen im Park herumgeschlichen?«

»Ich habe mich nur etwas umsehen wollen. Das schadet doch niemandem.« Es klang nicht besonders selbstsicher.

»Haben Sie die Kriminalbeamten gesehen draußen?« fragte Mary. »Ist etwas Neues gefunden worden?«

Fane lachte kurz.

»Ich will wissen, ob die Beamten etwas herausgefunden haben«, wiederholte Mary ungeduldig.

»Das kann ich Ihnen genau sagen, was die vermuten«, antwortete Ferdie Fane anstelle des Butlers. »Die Polizei nimmt an, daß Mr. Goodman in diesem Raum ermordet wurde. Eine etwas sonderbare Auffassung – meinen Sie nicht auch, Cotton? Und die Beamten glauben auch, daß der Pfarrer nicht mehr am Leben ist. Ich hörte, wie der Sergeant dem Chefinspektor gegenüber diese Ansicht vertrat. Seiner Meinung nach muß Partridge hier ins Zimmer gekommen sein, während Goodman mit dem geheimnisvollen Mönch kämpfte, und der Unheimliche hat die beiden umgebracht.«

»Wer ist denn der Unheimliche?«

»So nennt man den Mann«, mischte sich Cotton ein, »der in der schwarzen Mönchskutte herumläuft. Es wird behauptet, daß er zwei Stunden an jedem Tag wahnsinnig sei. Tatsächlich ist es ja auch unheimlich, wenn man sich vorstellt, daß ein Wahnsinniger hier seinen Spuk treibt und niemand weiß, wer er ist. Alle können da in Verdacht kommen, Sie zum Beispiel, Mr. Fane, und auch ich.«

»Dann doch wohl eher Sie! Aber bringen Sie mir jetzt eine halbe Flasche Sekt.«

Cotton ging hinaus.

»Mr. Fane –«, fragte Mary, »was ist mit Goodman geschehen?«

Er antwortete erst, nachdem Cotton Glas und Flasche gebracht hatte und wieder gegangen war.

»Das ist wenigstens ein anständiger Tropfen.« Er goß den schäumenden Sekt ein. »Es wird mir guttun, ich habe ziemliche Kopfschmerzen.«

»Ich wünschte nur, Sie bekämen einmal solche Kopfschmerzen, daß Sie nicht mehr daran denken würden, zu trinken!« ereiferte sie sich unbesonnen.

»Dann wünschten Sie am liebsten, daß ich tot wäre?«

Sie war sehr unzufrieden mit ihm, weil sie gehofft hatte, daß er ihr in dieser schwierigen Zeit eine Hilfe sein könnte. Dann kam ihr ein Gedanke.

»Warum sagten Sie eigentlich ›ein anständiger Tropfen‹, wenn Sie doch sonst so wenig wählerisch sind?«

»Sehen Sie, nun verstehen wir uns schon besser. Dies ist der erste Tropfen Wein in dieser Woche, ich kann Ihnen versichern, daß ich ziemlich nüchtern bin und fast keinen Alkohol trinke.«

Meinte er dies wirklich ernst? Hatte er seine Trunkenheit immer nur vorgetäuscht?

»Was geschah heute abend, als ich Sie hier in der Halle traf?« fragte sie. »Es muß doch ein Kampf stattgefunden haben.«

»Ich weiß es nicht. Irgend jemand schlug mir mit der Faust unters Kinn. Daraus schloß ich, daß es kein Freund von mir gewesen sein konnte.« Er hatte es scherzhaft gesagt, aber dann wurde er ernst. »Würden Sie es tatsächlich gern sehen, wenn – wenn ich Ihnen helfen, für Sie sorgen möchte –?«

»Ich weiß nicht, was Sie meinen.«

Sie erriet, worauf er hinaus wollte.

»Sie brauchen jemanden, der Sie beschützt.«

»Glauben Sie denn, daß Sie überhaupt jemanden beschützen können?« fragte sie und bedauerte es im gleichen Augenblick.

»Wissen Sie nicht, Mary, daß ich bereits etwas für Sie tue? Sehen Sie nicht . . .«

»Sie sollen mich nicht Mary nennen!«

»Warum nicht? So heißen Sie doch. Sie können ruhig Ferdie zu mir sagen, wenn Sie wollen.«

»Nein – nicht, wenigstens jetzt nicht.« Sie war ein wenig atemlos. Plötzlich drehte sie sich um. Er sah, daß sie Angst hatte.

»Was gibt es?« fragte er.

»Ich weiß nicht, aber ich habe das schreckliche Gefühl, daß uns jemand belauscht. Wenn der Betreffende sich wenigstens bemerkbar machen würde! Dann wüßte man, woran man ist. Der arme Mr. Goodman – diese Ungewißheit . . .«

»Erwarten Sie noch jemanden heute?«

»Es sollte noch ein Beamter von Scotland Yard kommen. Mrs. Elvery nannte ihn den großen Bradley.«

»Der arme Kerl! Was für einen Zweck sollte es haben, den auch noch herzulocken? Ich bin tüchtiger als tausend Detektive, und mit O'Shea nehme ich es jederzeit auf.« Fane lachte sonderbar. »O'Shea, das ist ein Kerl!«

»Ich habe von ihm gehört. Wie sieht er aus?«

Er lachte von neuem.

»Etwa so wie ich – nur nicht so hübsch.«

»Sie wissen nur zu gut, wer O'Shea ist!« Ihre Stimme war nur noch ein Flüstern. »Als Sie gestern draußen im Park mit Connor sprachen, hörte ich, wie Sie ihm drohten.«

Er schwieg einen Moment.

»Ich habe ihn gewarnt«, sagte er dann.

Als ob er das Gespräch beenden wollte, schob er einen Sessel zurecht, und zwar so, daß er der Wand zugekehrt war. Aus einer Ecke holte er einen Wandschirm und stellte ihn hinter den Sessel.

»Was wollen Sie?«

»Ich will jetzt schlafen«, erklärte er kurz.

»Aber warum stellen Sie den Sessel dahin?« fragte sie erstaunt.

»Hier ist die alte Tür, die die Mönche immer benutzten. Wenn also irgendein Geist in einer schwarzen Kutte erscheinen sollte, muß er durch diese Tür kommen.«

In diesem Augenblick kehrte Hallick mit Mr. Redmayne in die Halle zurück.

»Zum Teufel, was machen Sie hier?« fuhr er Fane an.

Ferdie Fane nahm eine Decke, die Mrs. Elvery zurückgelassen hatte, vom Sofa und deckte sich damit zu.

»Ich will schlafen.«

»Hier ist nicht der richtige Platz dazu«, sagte Redmayne unfreundlich. »Gehen Sie auf Ihr Zimmer.«

Hallick, der sehr nachsichtig gegen Fane zu sein schien, legte sich ins Mittel.

»Lassen Sie ihn ruhig hier.«

Der Chefinspektor spürte einen Luftzug und schob die Portiere zurück. Die Glastür dahinter stand offen.

»Schließen Sie diese Tür, sobald wir draußen sind, Miss Redmayne. Öffnen Sie sie nur, wenn Sie die Stimme Ihres Vaters erkennen. Wir gehen jetzt in den Park.«

»Es wäre besser, wenn du auf dein Zimmer gingest«, riet der Colonel.

»Ich will hier warten.«

»Aber Liebling . . .«

»Lassen Sie sie ruhig hier«, beruhigte ihn Hallick. »Mr. Fane wird ihr bestimmt nichts zuleide tun.«

Ferdie Fane hatte sich inzwischen in seinem Sessel zurückgelehnt. Er nahm an, daß auch Mary die Halle verlassen habe. In Wirklichkeit war sie aber noch da. Auf Zehenspitzen schlich sie näher und schaute hinter den Wandschirm. Da er die Augen geschlossen hielt, drehte sie alle Lichter aus, mit Ausnahme einer Lampe. Leise ging sie zur Tür und öffnete sie. Aber dann drehte sie sich noch einmal um und sah zu Ferdie Fane hinüber. Deshalb bemerkte sie nicht, daß ein Mann in der Türöffnung erschienen war. Er stand dicht hinter ihr. Es war eine große Gestalt – von Kopf bis Fuß in eine schwarze Kutte gehüllt. Auch das Gesicht wurde von der großen Kapuze bedeckt, die nur zwei runde Öffnungen für die Augen enthielt.

Sie ahnte nichts von der Gefahr. Plötzlich wurde sie von zwei starken Armen gepackt. Eine große Hand legte sich auf ihren Mund. Starr vor Schrecken erkannte sie die Mönchsgestalt. Im nächsten Moment verlor sie die Besinnung.

Ohne das geringste Geräusch zu machen, zog der Vermummte

sie in den Flur, schloß leise die Tür und trug sie, an der Tür ihres Vaters vorbei, fort. Er verschwand in einem kleinen Zimmer, das als Abstellraum benutzt wurde. Dort öffnete er eine Falltür, legte sich das bewußtlose Mädchen über die Schulter und stieg die steinerne Treppe hinab. Unten ließ er sie zu Boden gleiten, um die Falltür wieder zu schließen.

19

Hallick und Redmayne fragten die Posten, die im Park aufgestellt worden waren, aber keiner der Beamten hatte bis jetzt die Erscheinung eines Mönchs gesehen. Ebensowenig hatten sie eine Spur von Goodman oder Marks gefunden.

»Marks wird inzwischen schon in London sein«, meinte Hallick, als sie über den feuchten Rasen gingen. »Den werden wir bald gefunden haben.«

»Warum ist er überhaupt hierhergekommen?«

»Er suchte das Gold, das hier versteckt liegt – irgendwo in den Kellergewölben –, den Schatz Ihres Freundes O'Shea. Jedenfalls werde ich O'Shea noch in dieser Nacht verhaften, und ich kann Ihnen nur den Rat geben, Colonel, uns aus dem Weg zu gehen. Ich habe so eine Ahnung, daß es gefährlich werden könnte. Fahren Sie nach London, und nehmen Sie Ihre Tochter mit. Ich stelle Ihnen gern einen Polizeiwagen zur Verfügung.«

»Wie soll ich ihr das alles so plötzlich erklären?«

»Sie brauchen es ihr gar nicht so genau zu erklären. Sagen Sie ihr einfach die Wahrheit, oder warten Sie meinetwegen auch damit, bis die Sache zur Gerichtsverhandlung kommt. Wir werden ja sehen. Meiner Meinung nach hat O'Shea Ihnen das Geld gegeben, damit Sie Monkshall kaufen konnten.«

»Nein, das stimmt nicht. Er hat es schon vor dem Überfall auf den Goldtransport gekauft. Ich befand mich damals in einer verdammt ungemütlichen Situation. Jeden Augenblick mußte ich fürchten, daß man mich verhaften würde. Wie O'Shea von meiner Lage erfahren hat, weiß ich nicht. Ich hatte nie vorher etwas von dem Mann gehört. Als er mir aber Geld anbot, mir ein festes Einkommen und einen prächtigen Wohnsitz in Aussicht stellte, habe ich natürlich nicht nein gesagt. Ich bin ja eigentlich Arzt, und als er mir erzählte, daß er diese Anfälle habe, glaubte ich ihm helfen zu können. Ich wußte damals nicht, daß er O'Shea war. Das habe ich erst vor etwa einem Jahr erfahren.«

Sie gingen schweigend ein Stück weiter.

»Sind nicht früher einmal drei Männer hier gewesen?« fragte Hallick und nannte die Namen der vermißten Beamten von Scotland Yard.

»Wie? Vom Yard? Die haben Sie geschickt? Ja, sie blieben ein oder zwei Tage und verschwanden, ohne ihre Rechnungen zu bezahlen.«

»Sie sind hier ermordet worden! O'Shea ist der Mörder. Wenn die drei nur soviel Verstand gehabt hätten, mir anzuvertrauen, was sie wußten, wären sie noch am Leben. Aber sie wollten den Ruhm, O'Shea entdeckt zu haben, für sich allein in Anspruch nehmen, und das war ihr Verderben.«

»Wie, O'Shea soll die Beamten umgebracht haben? Hier im Haus?« fragte der Colonel bestürzt.

Im Sprechen waren sie wieder auf dem Rasen vor dem Haus angelangt. Hallick klopfte leise an die Glastür. Es meldete sich niemand. Auch als es nochmals klopfte, kam keine Antwort.

»Ich glaube, wir gehen besser zur Haustür und klingeln Cotton.«

Es dauerte ziemlich lange, bis der Butler öffnete.

»Wo ist Miss Redmayne?« fragte ihn Hallick.

»Ich habe sie nicht gesehen. Aber da drinnen schläft einer im Sessel, der sich eine Decke übergezogen hat. Ich bekam einen schönen Schreck, als ich hinter den Wandschirm guckte.«

»Das ist Fane, lassen Sie den in Ruhe.«

Hallick knipste alle Lampen an.

Er hatte das eigentümliche Gefühl, daß sich etwas ereignen würde.

»Suchen Sie vor allem Ihre Tochter«, empfahl er dem Colonel.

Redmayne ging hinauf. Man hörte ihn im darüberliegenden Zimmer hin und her gehen. Nach fünf Minuten kam er blaß und verwirrt zurück.

»Sie ist nicht in ihrem Zimmer. Vermutlich überhaupt nicht im Haus, ich habe überall nachgesehen.«

»Wissen Sie nicht, wo Miss Redmayne ist, Cotton?«

»Nein.«

»Was ist das?« Hallick bückte sich und hob etwas vom Boden auf. Es war ein Stoffgürtel. Die beiden sahen sich bestürzt an.

»Dann ist er hiergewesen – das war der Mönch!« stammelte Redmayne.

Hallick schob den Wandschirm beiseite und zog am Sessel.

»Fane, wachen Sie auf! Miss Redmayne ist verschwunden!«

Er hob die Decke hoch, die das Gesicht des Schläfers bedeckte und stieß einen Fluch aus.

Der Mann, der im Sessel lag, war nicht Fane, sondern Marks. Und Marks war tot.

20

Als Mary wieder zu sich kam, lag sie auf harten, kalten Steinen. Eine blaßblaue Laterne hing von einer gewölbten Decke herab. Gleich darauf hörte sie Musik – tiefe Orgeltöne. Sie setzte sich auf und sah sich um. Sie befand sich in einer kleinen Kapelle. In einer dunklen Nische war der Altar, im Hintergrund die kleine Orgel, an der ein Mönch in schwarzer Kutte saß. Als er sah, daß sie sich bewegte, stand er auf und kam leise auf sie zu. Vor Furcht und Entsetzen konnte sie sich nicht rühren.

»Fürchte dich nicht«, flüsterte er. »Du brauchst keine Angst zu haben.« Die Stimme klang gedämpft hinter der Kapuze, die sein Gesicht verdeckte.

»Wer sind Sie?«

»Dein Freund, der dich – liebt, dich verehrt!«

Träumte sie? War alles ein Trugbild ihrer Phantasie? Ihre Hand berührte die schwere Steinplatte, auf der sie gelegen hatte, und sie wußte, daß es kein Traum, sondern Wirklichkeit war.

Offenbar hatte dieses unterirdische Gewölbe zwei Zugänge. Zu beiden Seiten des Altars führten Wendeltreppen nach oben.

»Wer sind Sie?« wiederholte sie.

Er zog langsam die Kapuze zurück.

Goodman stand vor ihr. Seine grauen Haare waren zerzaust, sein Gesicht wirkte hart, nicht so heiter und ruhig, wie sie es an ihm gewohnt war.

»Aber, Mr. Goodman, warum ...« stammelte sie.

»Du sollst mich Leonard nennen«, sagte er leise und geheimnisvoll. Die Hand, die er ihr auf die Schulter legte, zitterte. »Mary – ich habe gewartet, ach, ich habe so lange gewartet auf diesen großen Augenblick. Ich verehre dich, ich bete dich an ...«

Sie wand sich von der Steinplatte hinunter und versuchte, eine der Wendeltreppen zu erreichen, aber er stellte sich ihr in den Weg.

»Du fürchtest dich doch nicht vor mir, Mary?«

Sie nahm allen Mut zusammen und schüttelte den Kopf.

»Nein, Mr. Goodman. Warum sollte ich mich auch vor Ihnen fürchten? Im Gegenteil, ich freue mich, daß Sie noch leben. Ich fürchtete, daß Ihnen etwas zugestoßen sein könnte.«

»Mir kann nichts passieren«, erklärte er zuversichtlich.

Ihre Knie zitterten. Mit äußerster Willenskraft hielt sie sich aufrecht.

»Du fürchtest dich vor mir, aber das darfst du nicht. Ich will dir geben, was du willst, ich kann alle deine Wünsche erfüllen.« Er packte sie am Arm und zeigte auf die Wände und die tiefen Nischen der Kapelle. »Hier habe ich Schätze aufgespeichert – da liegt Gold, viel Gold. Du ahnst nicht, wie herrlich die Barren im Lichtschein glänzen!« Er wies mit der Hand rundum. »Hinter den Wänden dieser Kapelle befinden sich viele Grabkammern, in denen einst die toten Mönche beigesetzt wurden. Ich habe die Knochen entfernt und das Gold dort versteckt.«

»Warum habe ich diese Kapelle früher nie zu sehen bekommen, Mr. Goodman?«

Er legte den Arm um sie. Sie zwang sich, ruhig zu bleiben.

»Dies ist das Heiligtum, in dem meine Braut mir angetraut wird! Duftet es nicht nach Myrten? Riechst du den Weihrauch? Hier werden wir heiraten. Vielleicht sind andere vor uns hier getraut worden, viele Tote haben hier gelegen, jahrhundertelang, und vielleicht sterben wir beide auch hier.«

Sein Lachen klang unheimlich und irr – genau das Lachen, das sie in früheren Nächten gehört hatte.

»Hier habe ich drei Männer begraben – hier, hinter den Wänden dieser Kapelle.« Er zeigte auf verschiedene Stellen. »Da! Es waren Polizeibeamte, die nach mir suchten. Sie kamen von Scotland Yard.« Er kniete auf den Boden und klopfte auf eine Steinplatte. »Der eine von ihnen liegt hier unter dem Boden! Der kam hierher, um O'Shea zu fangen. Aber ich lebe, und er modert unter dem Stein.«

»Ach, bitte, seien Sie still!« stieß sie keuchend hervor. »Sie sind schrecklich!«

Er lachte.

»Ha! Der schwarze Schrecken! Ja, so haben sie mich genannt. Merkwürdig, daß es der alte Goodman ist! Da saß ich oben in der Halle bei den andern und hörte zu, wie dieses verrückte Weib vom Mönch in der schwarzen Kutte redete, und mußte im stillen lachen. Sie ahnte ja nicht, daß ich direkt neben ihr saß.«

Er streckte die Hand aus und faßte Mary am Arm. Sie versuchte, sich seinem Griff zu entziehen.

»Mr. Goodman! Sie werden mich jetzt gehen lassen. Mein Vater wird Ihnen alles geben, was Sie brauchen. Er tut alles für Sie, und – Sie wissen, er ist Arzt.«

Doch sein fester Griff lockerte sich nicht.

»Ach, dein Vater? Der tut alles, was ich ihm sage, denn er fürchtet mich. Das hättest du nie geglaubt, daß er Angst vor mir hat, wie? Aber es stimmt. Er glaubt, ich sei wahnsinnig, deshalb sorgt er sich um mich. Im Grunde genommen ist er verrückt. Hier sind überhaupt alle verrückt!«

Mit ungeheurer Anstrengung gelang es ihr, sich aus seinem Griff zu befreien und zur Treppe zu fliehen. Doch bevor sie die Stufen erreichen konnte, packte er sie wieder und riß sie zurück.

»Nein, du darfst noch nicht fort!«

»Lassen Sie mich jetzt los«, sagte sie so ruhig wie möglich. »Ich verspreche Ihnen, daß ich nicht wieder weglaufen will. Sie können mir glauben.«

Er ließ sie los. Sie setzte sich auf eine Steinbank vor dem Altar.

»Jetzt will ich dir etwas vorspielen. Die Orgel klingt wunderbar in diesen Gewölben.« Während er spielte, drehte er sich um und sprach über die Schulter hin zu ihr. »Hast du diese alte Orgel schon gehört? Ich spiele für die Toten. Dann fangen sie an zu leben. Die alten Mönche gehen umher, sie kommen in langen Reihen, immer zu zweien. Manchmal sehe ich auch Menschen, die ich kenne, die aber längst tot sind . . .« Plötzlich brach er das Spiel ab und zeigte ins Leere. »Sieh, dort steht Joe Connor!« Sie konnte nichts sehen, er aber winkte seltsam in eine bestimmte Richtung.

»Komm her, Connor, ich muß mit dir sprechen. Du armer Kerl hast lange im Gefängnis gesessen, nur weil der böse O'Shea dich verraten hat! Und nun kommst du und willst deinen Teil an der Beute haben? Gut, mein Junge, du sollst ihn bekommen!« Er stand auf, machte ein paar Schritte und legte den Arm um eine unsichtbare Gestalt. Mary konnte nichts sehen, aber er, in seinem Wahnsinnsanfall, tat so, als ob er einen Mann zu der Steinbank führte, von der Mary aufgesprungen war.

»Du sollst deinen Anteil haben, mein Junge! Alles Gold ist hier, Connor. Setz dich, ich will dir alles erklären. – Ich hatte dieses alte Haus schon viele Monate vor unserem Anschlag auf den Goldtransporter gekauft. Du verstehst doch, warum ich das getan habe, Connor? Ja, natürlich, ich habe das Gold im Lastwagen hierhergebracht und in dieser Kapelle versteckt. Viele Wochen und Monate habe ich gearbeitet, die Gräber der alten Mönche mit Gold gefüllt. War das nicht klug von mir, Connor? Ah, nun lächelst du!« Er straffte sich und trat hinter die Steinbank, auf der er seinen imaginären Gast plaziert hatte. »Ich sage dir dies alles, weil du jetzt tot bist, und Tote ja nicht mehr vor Gericht aussagen können. Siehst du, und dann habe ich Redmayne zum Besitzer des Hauses gemacht. Er mußte es für mich verwalten. Zuerst wollte er nicht, aber er mußte ja, denn ich hatte ihn in meiner Gewalt. Mein Verstand war etwas in Unordnung geraten, und Redmayne kümmerte sich um mich. Dafür habe ich ihn bezahlt. Nach außen hin galt er als Herr von Monkshall. Weißt du, so habe ich die Polizei hinters Licht geführt. Niemand ist es im Traum eingefallen, daß ich O'Shea sein könnte! –

Und jetzt kommst du hierher und willst deinen Teil haben, du verdammter Hund! Ich werde dir das Genick brechen, ich werde dich erwürgen, du Schuft – du . . .«

Er schrie wild auf und griff mit beiden Händen in die Luft, als ob er einem Mann die Kehle zudrücken wollte. Dann tat er so, als würfe er ihn zu Boden, und kniete sich auf den Stein. Sein Gesicht war vor Wut verzerrt.

Auf einmal schien er sich daran zu erinnern, daß Mary in der Kapelle war, und er sah sich um.

»Ach, du fürchtest dich sicher vor mir?« Er sprach ganz sanft. »Ich hätte das nicht tun sollen.«

Sacht trat er zu ihr hin. Plötzlich riß er sie an sich. Sie schrie vor Entsetzen auf, aber er beruhigte sie sogleich.

»Ich will dich nicht erschrecken, du sollst dich nicht vor mir fürchten. Schrei doch nicht so! Ich liebe dich viel zu sehr, als daß ich dir etwas antun könnte.« Er wollte sie küssen, aber sie bog sich weit zurück. »Du wirst noch lernen, mich zu lieben. Hast du die unterirdischen Gänge schon gesehen? Die kleinen Türen der Zellen? Dahinter lebten die alten Mönche, und dort ist auch dein Brautgemach.«

Sie versuchte verzweifelt, Zeit zu gewinnen. Solche Wahnsinnsanfälle mußten ja auch wieder vorübergehen.

»Sie haben eben gesagt, daß Sie – mich lieben«, setzte sie stockend an. »Sie sagten . . .«

»Ja, ich verehre, ich bete dich an.« Er verneigte sich vor ihr.

»Wie können Sie mich dann zwingen, Sie zu lieben? Das würden Sie doch nicht tun, nicht wahr? Wenn ich – einen andern liebte . . .«

Er wurde bleich.

»Liebst du einen andern?«

»Ja, ja, ich – ich liebe . . .«

»Mr. Fane?«

»Ja.«

Eine Stille entstand. Sie rührten sich nicht, bis seine Hand hochschnellte und nach ihrer Kehle griff.

Sie glaubte schon, ihr Schicksal sei besiegelt, als sie jemand am Arm packte und zur Seite riß.

O'Shea stand einem Mann gegenüber, der eine Pistole auf ihn richtete.

»Ich verhafte Sie, O'Shea!« Es war Ferdie Fane. »Gehen Sie vom Lichtschalter weg – ich will nicht plötzlich hier im Dunkeln stehen. Treten Sie noch weiter nach links! So – bleiben Sie jetzt stehen.«

»Wer sind Sie?« fragte O'Shea verhältnismäßig ruhig.

»Mein Name ist Bradley. Inspektor Bradley von Scotland Yard. Ich verhafte Sie, O'Shea! Seit drei Jahren warte ich auf diese Gelegenheit, und jetzt weiß ich alles, was ich wissen muß.«

»Dann wissen Sie auch, was ich mit Marks gemacht habe?«

»Ja, Sie haben ihn ermordet.«

»Er versuchte, mich zu erwürgen. Ich glaube, er hatte mich erkannt. Seine Leiche ...«

»Habe ich hinter der Mönchstür gefunden und dann in den Sessel gelegt, in dem ich vorher saß. Hätten er und Connor auf meinen Rat gehört, wären beide heute noch am Leben.«

O'Shea lächelte.

»Sie also sind Bradley? Sie haben Connor verhaftet? Und unsern Freund Marks auch? – Nun, ich verdiene, daß es mir nicht besser ergeht, da ich Sie nicht zur rechten Zeit erkannt habe. – Miss Redmayne, ich möchte mich bei Ihnen entschuldigen. Es tut mir leid, daß ich manchmal nicht ganz bei Verstand bin, aber das geht immer wieder vorüber. Nun möchte ich auch diese Mönchskutte ablegen.«

Langsam zog er das schwarze Gewand aus.

»Nehmen Sie sich in acht«, flüsterte Mary Bradley zu. »Es ist möglich, daß er immer noch wahnsinnig ist.«

Trotz des Flüsterns hatte O'Shea sie verstanden.

»Ach, Miss Redmayne, Sie können das nicht gut beurteilen. Ja – und Sie, Mr. Bradley, Sie werden ja wohl bald diese liebenswürdige junge Dame heiraten, die eben eingestanden hat, daß sie Sie liebt. Ich möchte Ihnen gern noch ein kleines Hochzeitsgeschenk machen ...«

Bradley wäre dem tödlichen Streich kaum entgangen, wenn O'Shea auf dem glatten Stein nicht ausgeglitten wäre. Er stürzte und fiel gegen eine der Grabkammern, deren Öffnung mit einem Brett versperrt war. Durch den Aufprall wurde das Holz hochgeschoben und verklemmte sich in der Öffnung. Der oberste der zuvorderst aufgeschichteten Goldbarren fiel laut polternd auf den Steinboden.

O'Shea starrte auf das Gold, das er mit soviel Mühe und List hier versteckt hatte. Dann begann er zu lachen.

»Ein Hochzeitsgeschenk!« wiederholte er und blickte irr um sich.

Er lachte immer noch, als Hallick und drei andere Beamte von Scotland Yard ihn mit dem Dienstwagen nach London brachten.

Der Klub der Vier

1

Auf den ersten Blick machte Douglas Campbell einen wenig freundlichen Eindruck. Er war Ende Vierzig, groß, breitschultrig. Die starken, in der Mitte zusammengewachsenen Augenbrauen unterstrichen noch das Düstere seines Aussehens. Er war erster Direktor der Vereinigten Versicherungsgesellschaften und von Natur aus nüchtern und sachlich.

An einem sonnigen Frühlingsmorgen saß er in seinem Büro am Schreibtisch und las einen Brief. Er hob den Kopf und sah nach der Uhr.

»In ein paar Minuten muß Mr. Robert Brewer hier sein«, sagte er zu seinem Sekretär. »Führen Sie ihn gleich zu mir und sorgen Sie dafür, daß wir nicht gestört werden.«

»Jawohl, Sir.«

Gleich darauf klopfte es an der Tür, ein Angestellter reichte eine Visitenkarte herein.

»Mr. Brewer ist soeben gekommen«, meldete der Sekretär.

»Lassen Sie ihn eintreten.«

Mr. Robert Brewer, jung, elegant gekleidet, war eine frische, weltmännisch gewandte Erscheinung. Mit ausgestreckter Hand steuerte er auf Campbell zu.

»Mein lieber Direktor, ich sehe Ihnen förmlich an, wie glücklich Sie sind, mich begrüßen zu dürfen! Stimmt's?«

»Da bin ich nicht ganz so sicher, aber nehmen Sie Platz.« Campbell gab dem Sekretär einen Wink, das Zimmer zu verlassen, und wandte sich wieder seinem Besuch zu. »Sie sehen heute morgen wirklich glänzend aus!«

»Das glaube ich schon«, erwiderte Brewer befriedigt. »Ich fühle mich auch dementsprechend. Nun wollen wir aber über geschäftliche Dinge reden. Sie haben mich vermutlich nicht von New York hierhergerufen, nur um mir ein Kompliment zu machen.«

»Aber Sie sind wirklich smart, Brewer, ich bewundere Sie.

Wenn ich in meiner Jugend ebenso energisch, kühl und vorurteilslos gewesen wäre wie Sie, besäße ich heute Millionen.«

»Na, zwei haben Sie doch wohl mindestens, während ich nur ein armer Teufel von Versicherungsdetektiv bin, dem es schwerfällt, sich durchzuschlagen.«

Mr. Campbell stützte die Arme auf den Tisch, beugte sich vor und sprach jetzt etwas leiser.

»Bob, die Direktoren von drei uns angeschlossenen Gesellschaften haben mir den Rat gegeben, Sie kommen zu lassen. Unser Syndikat umfaßt heute sechs der größten Versicherungsfirmen Englands. Am häufigsten versichern wir gegen Diebstahl, Unfall und so weiter. Sie kennen ja das Geschäft in- und auswendig, darüber brauche ich Ihnen gar nichts zu erzählen. – Kurz, wir versichern Leute der vornehmen Gesellschaft gegen Torheit und Fahrlässigkeit, aber – das Geschäft macht sich nicht recht bezahlt. Bob, Sie kennen ja unsere Gesellschaft und wissen, wie diese Leute leben. Von einem Modebad reisen sie ins andere und müssen bei allen Anlässen dabeisein. Man kann sie fast mit einer Herde Schafe vergleichen. Und hinter ihnen her zieht eine kleine Armee von Parasiten, die vom Reichtum und von der Dummheit unserer Kunden leben und uns viel zu schaffen machen. Wenn wir nicht den Bankrott erklären wollen, müssen wir ihnen mit aller Energie zu Leibe rücken.«

Bob Brewer nickte nur.

»Dazu brauchen wir aber einen Spezialisten, der diese Schafherde bewacht und aufpaßt, daß die Wölfe nicht einbrechen. Sie sollen diese Aufgabe für uns übernehmen. Wir bieten Ihnen ein sehr gutes Gehalt an, und wir haben auch nichts dagegen, wenn Sie Privataufträge annehmen, die Sie nebenbei erledigen können. Ist Ihnen das recht?«

»Das hängt ganz davon ab, was Sie unter einem sehr guten Gehalt verstehen.« Bob grinste. »Gewöhnlich bekommt ein Detektiv für einen solchen Posten drei- bis vierhundert Pfund im Jahr.«

»Wir sind bedeutend großzügiger. Das Gehalt, das ich Ihnen anbiete, ist – vierstellig.«

Brewer sah den Direktor interessiert an.

»Dann machen Sie bitte gleich eine Notiz, daß ich bei Ihnen engagiert bin!«

Campbell ging zur Tür und drehte den Schlüssel um.

»Ich will Ihnen jetzt den Verbrecher nennen, der uns am meisten zu schaffen macht. Es ist der Chef des Klubs der Vier – Reddy Smith.«

Bob mußte lachen.

»Von dem brauchen Sie mir nichts zu erzählen. Wenn man in New York lebt, kennt man ihn.«

»Kennt er Sie auch?« fragte Campbell.

»Nein, wir sind uns nie geschäftlich begegnet, aber ich kenne ihn trotzdem. In New York habe ich mich vor allem mit Handelsversicherungen beschäftigt und in diesem Rahmen besonders mit Betrug, Veruntreuungen und dergleichen. Deshalb konnte mir Reddys Wirken nicht verborgen bleiben. Seine Spezialität und sein Hauptgeschäft bestanden darin, faule Aktien von Scheingründungen an die reichen Landwirte im Westen zu verkaufen. Ich habe ihn früher einmal in einem Gefängnis gesehen, aber ich glaube kaum, daß er mich kennt. Vor einem Jahr etwa war ich hinter ihm her, bevor er nach Europa verschwand.«

»Das ist es eben.« Mr. Campbell seufzte. »Was ich über ihn weiß, habe ich von der Polizei. Er hat mit ein paar gerissenen Burschen in Frankreich zusammengearbeitet, aber man konnte ihm nie etwas nachweisen, obwohl angenommen wird, daß er an zwei großen Einbrüchen beteiligt war. Zur Zeit hält er sich in Monte Carlo auf. Unglücklicherweise sind auch mehrere unserer Kunden dort.«

»Welche Hilfe kann ich von der französischen Polizei erwarten?« fragte Bob.

Der Direktor zog eine Schublade auf und nahm ein dünnes Dossier heraus.

»Hier ist Ihre Vollmacht, die vom französischen Innenministerium unterzeichnet ist, ebenso vom Staatsminister von Monaco. Die Behörden dieses kleinen Staates bemühen sich eifrig, Verbrecher fernzuhalten.«

Bob nahm die Papiere an sich, blätterte kurz darin und steckte sie in die Tasche.

»Reisen Sie so bald als möglich – wir setzen selbstverständlich voraus, daß Sie in den besten Hotels wohnen.«

»Darauf können Sie sich verlassen«, versicherte Bob. »Übrigens noch eine Frage. Wieviel Gehalt bekomme ich im voraus, und wann kann ich das Geld abheben?«

»Ich kannte Ihren Vater«, entgegnete Campbell, »er war ein zäher, sparsamer Schotte. Auch Ihre Mutter hielt Geld und Eigentum zusammen. Aus Ihnen aber ist der verschwendungssüchtigste Engländer geworden, den ich kenne. Soll ich Ihnen also einen kleinen Vorschuß zahlen?«

»Wovon soll der Schornstein sonst rauchen?« fragte Bob. »Zahlen Sie mir sechs Monate Gehalt im voraus, später teile ich Ihnen mit, wieviel ich für meine außerordentlichen Ausgaben brauche. Auf der Durchreise bleibe ich ein paar Tage in Paris, und wie Sie wissen, ist das ein kostspieliges Pflaster.«

Achselzuckend schrieb Mr. Campbell einen Scheck aus.

2

Vor dem Café de Paris in Monte Carlo saßen zwei elegant gekleidete Herren. Woher sie stammten, war nicht ohne weiteres ersichtlich. Es handelte sich um Fremde, vermutlich Amerikaner. Der ältere von ihnen rauchte eine Zigarre.

»Jimmy«, sagte er zu seinem Begleiter, »hier in Monte Carlo wird es vom nächsten Montag an ungemütlich. Ich halte es deshalb für das beste, daß wir am Sonntag abreisen. Inzwischen können wir noch vier Tage ungestört arbeiten. Wie sieht eigentlich dieser Brewer aus?«

»Keine Ahnung. Ich habe ihn noch nie getroffen, nur schon viel vom ihm gehört.«

»Bist du auch sicher, daß er kommt?« fragte Reddy.

»Natürlich. Als ich heute morgen meine Briefe abholte, sah ich das Telegramm, mit dem er sein Zimmer bestellt hat. Es war in Paris aufgegeben, und er hat sich das teuerste und beste Zimmer reservieren lassen mit Blick auf den Kasinoeingang. Er will am Montag ankommen, wenn er aber nicht eintreffe, solle man das Zimmer bis zu seiner Ankunft reserviert halten.«

»Wir haben also noch vier Tage Zeit. Ich glaube«, sagte Reddy zuversichtlich, »daß uns die Sache gelingen wird. Der kleine William sieht ganz so aus, als ob er zahlen würde.« Er wies mit einer Kopfbewegung zum Hoteleingang, vor dem ein eleganter Herr stand. »Man sieht von weitem, daß der Kerl gut in der Wolle sitzt. Eine Bekanntschaft mit dem ist so gut wie Bargeld.«

»Wie heißt er eigentlich? Und worüber hast du gestern abend im Kasino mit ihm gesprochen?«

»William Ford. Sein Alter hat mit Erdölaktien schweres Geld gemacht. Als er starb, hinterließ er seinem Willie eine ganze Wagenladung davon. Und der will sich jetzt erst einmal austoben. Früher scheint er nicht viel erlebt und gesehen zu haben.«

»Wofür hast du ihn denn interessiert?«

»Ich habe ihm von der Montana-Silbermine erzählt. Er war sofort Feuer und Flamme. Wir wollen zu ihm gehen, damit ich dich vorstellen kann.«

Mr. Ford hatte die Hände in den Taschen vergraben und rauchte eine Zigarette. Die Schönheit der Palmen und der Landschaft schien keinen Eindruck auf ihn zu machen. Langsam schlenderte er über die breite Straße, durch die Anlagen, kaufte sich am Kiosk eine Zeitung und kehrte zur Gartenterrasse des Hotels zurück, die gegenüber dem Kasino lag. Dort sprach ihn Reddy an.

»Guten Morgen, Mr. Ford. Ich möchte Sie mit meinem Freund Mr. Kennedy bekannt machen. Er kommt aus Texas und besitzt dort große Farmen.«

Mr. Ford kniff die Augen zusammen, sah den Fremden an und reichte ihm nachlässig die Hand. Darauf begrüßte er Reddy. »Guten Morgen. Es ist sündhaft heiß, und ich kann diese blödsinnigen französischen Zeitungen nicht lesen. Verstehen Sie diese Sprache?«

»Gewiß, Mr. Ford.« Reddy nahm die Zeitung und sah flüchtig hinein. »Nicht viel Interessantes heute. Es sei denn, Sie interessieren sich für die französischen Rennen . . .«

»Nein, ich mag keine Rennen. Das ist auch so ein Unfug.« Mr. Ford klemmte umständlich das Monokel vors Auge. »Ich bin, wie Sie sehen, ein Geschäftsmann, Mr. Redwood. Wetten sind nicht meine Sache. Ich habe zwar ein paar tausend Dollar beim Roulette riskiert, aber im Grund genommen langweilt mich das Spiel.«

»Damit haben Sie auch vollkommen recht«, unterstützte ihn Reddy. »Es ist eine ganz dumme Art, sein Geld zu vertun.«

»Selbstverständlich«, entgegnete Mr. Ford von oben herab, »kann ich es mir leisten, Geld zu verlieren. Ich habe eine Million Franc in barem Geld mitgebracht.«

»Hoffentlich haben Sie die im Hotelsafe einschließen lassen?« erkundigte sich Reddy besorgt. »Es gibt eine Menge zweifelhafter Existenzen in Monte Carlo.«

»Ach, da mache ich mir keine übertriebenen Sorgen. Ich sage immer: Wenn ein Mann nicht einmal auf sein bißchen Geld aufpassen kann, dann verdient er auch nicht, es zu besitzen. Nein, ich hüte mein Geld selbst und gebe es nicht aus der Hand.«

Reddy holte tief Atem. Es verschlug ihm die Sprache.

»Doch sagen Sie mir nun endlich«, drängte Mr. Ford, »was Sie für einen Fünftel Anteil an Ihrer Mine haben wollen.«

»Ich bin mir noch nicht im klaren, ob ich verkaufe«, zierte sich Reddy. »Eigentlich bin ich nach Monte Carlo gekommen, um mich zu erholen, nicht um mit Aktien zu handeln.«

»Aber, Mr. Redwood, Sie werden doch nicht Ihren Anteil an der Montana-Mine verkaufen!« rief Jimmy aus, der seinem Spießgesellen assistieren zu müssen glaubte. »Es ist die ergiebigste im Westen, und es würde eine Sensation in Wallstreet geben, wenn es bekannt wird. – Sie müssen nämlich wissen, Mr. Ford«, wandte er sich an den jungen Millionär, »Mr. Redwood ist von Colorado bis Montana der bedeutendste Mineninteressent und setzt im Jahr bis zu fünf Millionen Dollar in Aktien um – das ist doch richtig, Mr. Redwood?«

»Ja, ungefähr, vielleicht nicht ganz so viel.«

Mr. Ford lächelte überlegen.

»Mich können Sie nicht bange machen, wenn Sie mit Millionen nur so um sich werfen!«

Reddy antwortete nicht. Er nahm einen dicken Packen aus seiner Tasche und öffnete ihn. Es befanden sich Aktien darin, alle mit Stempel und Siegel versehen. Fast wehmütig betrachtete er sie.

»Wenn ich denke, wieviel Mühe es mich gekostet hat, diese Mine zum Erfolg zu führen, dann tut es mir leid, mich von diesen Papieren zu trennen. Ich überlasse sie Ihnen, Mr. Ford, wirklich für eine Bagatelle. Es ist ungefähr der Betrag, den Sie nach Monte Carlo mitgebracht haben, und den Sie möglicherweise im Spielkasino verlieren werden.«

»Aber ich habe mich bisher noch gar nicht entschlossen, die Aktien überhaupt zu kaufen«, erklärte Mr. Ford hastig.

Reddy lächelte ihm liebenswürdig zu.

»Und ich bin, wie gesagt, noch gar nicht sicher, ob ich sie tatsächlich verkaufen will. Kommen Sie, trinken wir erst einmal etwas zusammen!«

Er war viel zu erfahren, um sein Opfer zu drängen, und während der nächsten zwei Tage erwähnte er nichts mehr von den Aktien.

Am Samstag aber sagte Reddy:

»Die Zeit drängt.«

»Wie weit bist du denn nun mit ihm?« fragte Jimmy.

»Er hat angebissen, aber es sieht ganz so aus, als ob es noch ein paar Tage dauern könnte. Ich habe im Spielsaal ein paar Worte mit ihm gesprochen, und wir haben uns gegenseitig einiges anvertraut. Ich erzählte ihm, daß ich mein Geld immer unter dem Kopfkissen aufbewahre, es heute morgen jedoch einzustecken vergessen hätte. Er antwortete darauf, daß er sein Geld gewöhnlich in der Kommode, zwischen der Wäsche, verstecke. Wenn er heute die Aktien nicht kauft, nehmen wir ihm in der kommenden Nacht das Geld ab. Wir brauchen unsere Schlafwagenkarten nicht verfallen zu lassen, aber wir werden Monte Carlo auf einem anderen Weg verlassen.«

»Wieso?« fragte Jimmy.

»Ich habe ein Auto aus Nizza bestellt, das uns um zwei Uhr früh bei der Post abholen soll. Wir fahren nach Marseille, von dort geht es weiter nach Narbonne und über die Grenze nach

Spanien. In Barcelona warten wir einige Zeit. Ich habe auch ein zweites Auto telegrafisch bestellt, das uns am Sonntagnachmittag in Marseille beim Hôtel d'Angleterre erwarten soll.«

»Sehr gut.«

»Dein Zimmer geht auf den gleichen Korridor wie das von Mr. Ford, und es ist ziemlich leicht, von einem Balkon zum andern zu klettern. Außerdem schläft er bei offenem Fenster. Ich werde also vom Balkon her ins Zimmer eindringen, die Tür öffnen und dich hereinlassen. Sollte er irgendwelchen Spektakel machen, müssen wir ihn eben zur Ruhe bringen. Mit dem Wagen sind wir kurz vor Mittag bestimmt in Marseille.«

Sie schlenderten durch die große Pfeilerhalle und traten in den Spielsaal. In der nächsten halben Stunde gingen sie von Tisch zu Tisch und beobachteten Ford beim Spiel. Er setzte ab und zu hundert Franc auf eine Nummer, aber er tat es ohne besonderes Interesse. Endlich bemerkte er die beiden Amerikaner und nickte ihnen spöttisch zu.

»Ein furchtbarer Unsinn, zu spielen! Gehen wir. Man ärgert sich nur, wenn man sieht, wie die Leute ihr Geld verschleudern.«

Sie folgten ihm zu seinem Lieblingsplatz auf der Hotelterrasse.

»Ich habe mir die Sache mit der Silbermine noch einmal durch den Kopf gehen lassen. Ich kann mich doch nicht entschließen, sie zu kaufen, denn Montana liegt weitab, und ich verstehe nichts von Bergwerken.«

»Davon brauchen Sie auch nichts zu verstehen«, meinte Reddy. »Sie haben weiter nichts zu tun, als in Ihrer Wohnung in London auf die Dividenden zu warten.«

»Gut und schön. Wenn sie nun aber nicht eintrudeln, was dann? Ich werde Ihnen sagen, was ich tue. Ich schreibe meinem Freund, einem Börsenmakler, der ein sehr gescheiter Kerl ist. Er führt alle meine geschäftlichen Transaktionen durch, und darum soll er mir telegrafisch einen Rat geben. Schließlich kommt es ja auf ein paar Tage Aufschub auch nicht mehr an, Mr. Redwood.«

»Durchaus nicht. Und wenn Sie nun eine günstige Auskunft erhalten, wie es nicht anders zu erwarten ist, werden Sie mir dann einen Scheck geben?«

»Nein, dann zahle ich in bar.«

»Ach, ich dachte, Sie hätten das Geld inzwischen auf die Bank . . .«

»Wo denken Sie hin! Übrigens habe ich ein Telegramm von einem gewissen Brewer erhalten. Eine ziemliche Unverschämtheit. Der Mann will mir geschäftliche Ratschläge erteilen. Wer, zum Kuckuck, kann dieser Brewer sein?«

»Einer der gerissensten Verbrecher, die zur Zeit Europa unsicher machen«, erwiderte Reddy besorgt.

»Das ist aber ein starkes Stück, finden Sie nicht, Mr. Redwood? Soll ich vielleicht die Polizei benachrichtigen?«

»Ach, ich glaube nicht, daß es nötig ist. Doch seien Sie auf der Hut.«

Reddy schmunzelte verstohlen.

Mr. Ford sah nach der Uhr.

»Ich fahre nach La Turbie. Wollen Sie mich begleiten?«

»Sehr liebenswürdig, aber ich habe heute nachmittag noch viel zu tun.«

Reddy studierte Autokarten und Fahrpläne. Er mußte an ein Mitglied des Klubs der Vier, das augenblicklich in Montdidier weilte, ein Telegramm aufgeben, weil er von ihm einen Paß zum Grenzübertritt benötigte. Ferner packte er seine Sachen und inspizierte noch einmal die Zugänge zu Mr. Fords Zimmer.

Bei Tag war es unmöglich, dort einzudringen, denn Mr. Ford hatte mit der Direktion vereinbart, daß während seiner Abwesenheit ein Mann auf dem Gang vor seiner Tür Wache stand. Nachts wurde dieser Posten eingezogen. Jedes Hotelzimmer besaß einen langgezogenen Balkon. Der Abstand zwischen den einzelnen Balkonen betrug nur etwa sechzig Zentimeter und bot einem gewandtem Kletterer keine Schwierigkeiten.

Als Reddy nach Mitternacht auf den Balkon von Jimmys Zimmer hinaustrat, war unten niemand zu sehen. Er rauchte eine Zigarette, dann kletterte er über das Geländer und hatte in kurzer Zeit die drei Balkone hinter sich, die ihn vom Zimmer Mr. Fords trennten. Die Balkontüren standen offen. Die hölzernen Jalousien waren zugezogen, ließen sich aber geräuschlos öffnen.

Reddy lauschte angestrengt, bevor er hineinschlüpfte. Er hörte die regelmäßigen Atemzüge Mr. Fords, ja sogar ein leichtes Schnarchen.

Der Weg durchs Zimmer und das Aufschließen der Korridortür, um Jimmy einzulassen, dauerte nur ein paar Sekunden.

Reddy öffnete leise und behutsam die oberste Schublade der Kommode. Als er gerade unter der Wäsche wühlte, ging plötzlich das Licht an.

Mr. Ford saß aufrecht im Bett und hielt die Einbrecher mit einem Browning in Schach.

»Nehmen Sie die Hände hoch!«

»Was wollen Sie denn?« rief Reddy empört. »Ich bin nur in ein falsches Zimmer geraten, und ich muß schon sagen, ich bin sehr erstaunt über Ihr grobes Benehmen, Mr. Ford!«

Im nächsten Moment sprang Mr. Ford aus dem Bett. Er war angezogen und trug nur keine Jacke.

»Ich habe auf Sie gewartet, Reddy. Ich verhafte Sie wegen Einbruchs, versuchten Betrugs und verschiedener anderer Vergehen – ebenso Ihren Freund.«

»Wer sind Sie?« fragte Reddy bestürzt.

»Mein Name ist Bob Brewer. Vielleicht haben Sie schon von mir gehört. Ich bin der gerissenste Verbrecher, der zur Zeit Europa unsicher macht! Also, Hände hoch, sonst sehe ich mich gezwungen, Ihnen eine blaue Bohne zwischen die Rippen zu jagen!«

3

Bob Brewer blieb auf der Marmortreppe stehen, die zu dem prachtvollen Geschäftsgebäude der Vereinigten Versicherungsgesellschaften hinaufführte. Interessiert beobachtete er eine elegante Limousine, die gerade vorüberfuhr. Der junge Mann am Steuer trug einen grauen Filzhut und rauchte eine Zigarette. Bequem in den Sitz zurückgelehnt, blickte er gelangweilt geradeaus.

Bob merkte sich die Nummer des Wagens und betrat das Gebäude.

Ein Sekretär begrüßte ihn und führte in direkt ins Büro des Generaldirektors.

»Mr. Campbell erwartet Sie schon.«

Der Generaldirektor hatte, wie die meisten vielbeschäftigten Leute, nichts zu tun.

»Hallo!« rief er. »Schließen Sie bitte die Tür. Wie geht es Ihnen?«

»Ich habe Ihr Telegramm erhalten. Die Reise war ausgezeichnet, das Wetter in Frankreich glänzend. Die Abrechnung über meine Ausgaben habe ich Ihnen bereits zugeschickt. Haben Sie sie erhalten? Ich bin nämlich mit meinem Geld am Ende. So – nach dieser kleinen Einleitung möchte ich mich nur noch erkundigen, warum Sie es so eilig haben.«

»Setzen Sie sich. Es handelt sich wieder einmal um die vornehme Gesellschaft«, erwiderte Campbell. »Wie Sie wissen, Bob, sind diese Leute furchtbar konservativ in ihren Gewohnheiten.«

»Nun hören Sie aber endlich mit Ihren Litaneien über die vornehme Gesellschaft auf! Ich weiß längst auswendig, was Sie mir sagen wollen.«

»Sie können es gar nicht oft genug hören. Übrigens, stimmt es, daß Reddy der französischen Polizei entkommen ist?«

»Ja, er ist nach Spanien entwischt. Aber daraus können Sie mir doch keinen Vorwurf machen. Zur Zeit treibt er sich immer noch in Spanien herum. Dachten Sie vielleicht, daß er mich in London erwarten würde?«

»Nein, Unsinn. Auf Reddy brauchen wir wohl für ein oder zwei Monate keine Rücksicht zu nehmen.«

»Das ist auch meine Meinung. Reddy ist augenblicklich viel zu sehr auf seine Sicherheit bedacht, als daß er mir in die Quere kommen wollte. Außerdem ist er lange nicht so gefährlich wie zum Beispiel Soapy Wilkins.«

Mr. Campbell richtete sich überrascht in seinem Sessel auf. »Wie kommen Sie ausgerechnet auf den? Über den Kerl wollte ich gerade mit Ihnen sprechen.«

»Soapy kenne ich schon lange. Vor zwei Minuten aber sah ich ihn in einem luxuriösen Auto hier vorbeifahren, das er sich natürlich gemietet hat. Er war sehr elegant gekleidet.«

Mr. Campbell sah besorgt auf die Tischplatte.

»Das ist ein merkwürdiges Zusammentreffen. Er wohnt im Hotel Magnificent, und er ist eine ständige Bedrohung für uns.«

»Warum melden Sie die Sache nicht der Polizei? Er ist ein bekannter Verbrecher. In Amerika kennt ihn jeder, und ich bin sicher, daß auch die hiesige Polizei weiß, wer er ist. Er gehört zu den gewitztesten und gefährlichsten Gangstern überhaupt – dauernd unterwegs und in Bewegung, blitzschnell, und nie begeht er ein Verbrechen zweimal am gleichen Ort. Die meisten anderen sind Spezialisten auf einem bestimmten Gebiet. Aber Soapy kann alles, vom einfachen Einbruch bis zur kompliziertesten Fälschung von Aktien und Bankpapieren. Man kann ihn nie fassen, er ist unglaublich tüchtig und hat sehr kluge Einfälle. Ich bewundere ihn. Außerdem habe ich gehört, daß er sich in Gesellschaft tadellos bewegen und unterhalten kann. In gewisser Weise ist er ein Genie ...«

»Ich habe Sie nicht kommen lassen, damit Sie mir eine Lobrede auf Soapy Wilkins halten«, unterbrach Campbell ärgerlich. »Ich bin tatsächlich erstaunt, daß Sie so einen Menschen bewundern können. Ich habe mir das mit der Polizei natürlich auch überlegt, aber es ist unmöglich, ihn verhaften zu lassen. Die Polizei hat im Augenblick kein Beweismaterial und kann daher nicht eingreifen. Man beobachtet ihn.«

Bob lachte ironisch.

»Ich sehe, daß Sie in bezug auf diesen Burschen der gleichen Ansicht sind wie ich.«

»Na schön, lassen Sie mich jetzt erzählen, was mir soviel Sorgen macht. Kennen Sie Windhever Castle?«

»Das ist der Sitz der Herzogin von Manton in Essex«, antwortete Bob prompt. »Sie ist eine große Dame, die über ein bedeutendes Vermögen verfügt und großen Einfluß hat.«

»Windhever Castle liegt acht Kilometer von Goodwood entfernt, und nächste Woche finden dort die alljährlichen Rennen statt, zu denen sich die ganze vornehme Gesellschaft Englands versammelt. Das übrige Publikum geht hin, weil es nun einmal Mode ist.«

»Sie sind schon wieder dabei, mir einen Privatvortrag über

die Gesellschaft zu halten. Teilen Sie mir doch lieber mit, um was es sich handelt.«

Mr. Campbell schluckte.

»In Windhever Castle werden nächste Woche viele vornehme Damen und Herren zu Gast sein, die ihre kostbaren Juwelen mitbringen. Diese Leute sind fast alle bei uns versichert. Was mir besonders zu denken gibt, ist, daß vor einem Monat in Windhever Castle eingebrochen wurde.«

»Ist den Dieben etwas in die Hände gefallen?«

»Nein. Es befanden sich damals keine Gäste im Schloß. Die Herzogin selbst war mit ihren Bekannten in Ascot. Nur ein paar Dienstboten hielten sich im Hause auf. Irgendwelche greifbaren Wertsachen waren nicht vorhanden. Trotzdem wurde nachts in das Gebäude eingedrungen, der Geldschrank des Herzogs geknackt, drei verschlossene Türen erbrochen oder mit Nachschlüsseln geöffnet. Die Einbrecher entkamen.«

»Merkwürdig. Das interessiert mich außerordentlich. Wissen Sie noch weitere Einzelheiten? Erzählen Sie!«

Mr. Campbell berichtete, was er wußte.

»Drei Stunden, sagen Sie, haben sie dazu gebraucht?« fragte Bob. »Es war natürlich nicht schwierig, und sie konnten sich Zeit lassen, wenn sie nur mit drei, vermutlich weitab untergebrachten Dienstboten zu rechnen hatten. Anderseits müßten sie doch gewußt haben, daß zur betreffenden Zeit kein Geld im Schloß aufbewahrt wurde.«

»Ja. Übrigens wurde uns der Einbruch nicht gemeldet, da der Herzog selbst bei einer andern Gesellschaft versichert ist. Ich habe es auf Umwegen erfahren. Es soll mir jedoch eine Warnung sein, und ich möchte meine Vorkehrungen treffen. Der Herzog hat überall neue Türschlösser anbringen lassen und auch einen neuen Safe gekauft, einen der besten, die zur Zeit hergestellt werden. Auch habe ich erfahren, daß die Bibliothek, in der der Geldschrank steht, während der gesellschaftlichen Anlässe von besonderen Posten bewacht wird.«

»Glauben Sie, daß Soapy etwas mit der Sache zu tun hat?«

»Ja. Er ist zur Zeit der einzige große Geldschrankknacker. Sie sollen nun nach Windhever Castle fahren und den Herzog aufsuchen. Von einem unserer Kunden habe ich mir ein Empfehlungsschreiben für Sie geben lassen. Sagen Sie ihm, daß Sie ihn in jeder Weise unterstützen wollen, und sehen Sie sich die Dienstboten genau an. Seien Sie vor allem in der Nacht nach dem Hauptrennen auf dem Posten. Am Abend gibt die Herzogin einen großen Ball, und über Nacht werden die Penson-Smaragde in den Safe eingeschlossen. Lady Penson gehört zu den Gästen der Herzogin. Und vergessen Sie nicht . . .«

»Sie haben mir schon so viel erzählt, daß ich es bestimmt vergesse!« stoppte Bob die Aufzählung und empfahl sich.

Am vereinbarten Tag wurde Bob in der Bibliothek von Windhever Castle empfangen. Der Herzog reichte ihm seine müde, welke Hand. Er war ein kleiner, hagerer Herr mit schmalem Gesicht, der im Ruf stand, ein großer Denker und Gelehrter zu sein, wahrscheinlich, weil er eine kostbare Bibliothek besaß und stets anderer Meinung war als die Leute, mit denen er sich unterhielt.

»Ich glaube nicht, daß Sie sich um die Sicherheit meiner Gäste, das heißt ihres Schmucks, bemühen müssen. Aber da Sie nun einmal hier sind, können Sie sich frei im Haus bewegen. Nur die Zimmer meiner Frau dürfen Sie natürlich nicht betreten.«

»Ich verstehe. Durchlaucht haben sicher schon alle Vorsichtsmaßnahmen getroffen?«

»Selbstverständlich. Ich habe einen neuen Safe hier –.« Er zeigte auf den großen Stahlschrank, der ein kleines Messingschild mit dem Namen einer führenden Firma trug. »Draußen vor dem Fenster steht ständig ein Diener Wache. Ich lasse den Posten jede Stunde ablösen, und Sie werden zugeben, daß es länger als eine Stunde dauert, diesen Schrank zu öffnen.«

Bob mußte es zugeben. Auch er war überzeugt, daß es recht schwierig sein würde, diesen Safe aufzuschweißen.

»Wenn dieser Lord Pembroke, dessen Schreiben Sie mir brachten, glaubt, daß die Juwelen seiner Frau hier nicht sicher sind, dann braucht er ja nicht zu kommen«, fuhr der Herzog fort. »Ich habe zusammen zweihundert Pfund ausgegeben, um diesen Safe zu kaufen, das Haus mit einer Alarmanlage auszustatten und überall neue Schlösser anbringen zu lassen.« Er reichte Bob die Hand. »Also, machen Sie Ihre Sache möglichst unauffällig. Am besten ist es, wenn Sie sich mit dem Butler in Verbindung setzen. Er wird Ihnen behilflich sein.«

Bob folgte dieser Aufforderung und sprach mit ihm.

»Vom Park aus gibt es nur einen Eingang zur Bibliothek«, teilte ihm der Butler mit. »Es ist nur eine kleine Tür, die der Herzog oft benutzt. Im übrigen gibt es noch zwei Türen, aber alle sind mit neuen Schlössern ausgestattet worden.«

»Könnte ein Einbrecher nicht auch durchs Haus, ich meine von einem andern Zimmer aus in die Bibliothek gelangen?«

»Nein, er müßte in jedem Fall den Hauptkorridor entlangkommen, und dort steht nachts eine Wache.«

»Sie kennen doch alle Diener seit Jahren?«

»Natürlich, jeden einzelnen, alle sind hier in der Gegend aufgewachsen. Mit einer Ausnahme sind sie auch seit Jahren beim Herzog im Dienst.«

Es war Bob Brewer klar gewesen, daß sein Auftauchen in diesem kleinen Dorf sofort die Aufmerksamkeit der Bevölkerung erregen würde. Ein paar Stunden nach seiner Ankunft wußte bereits jeder einzelne, warum er hergekommen war. Der Wirt des kleinen Gasthofs, in dem Bob logierte, versuchte, eine Unterhaltung mit ihm anzuknüpfen, um seine Meinung über den kürzlichen Einbruch im Schloß zu erfahren. Die ganze Gegend sprach noch darüber.

»Man erwartet nächste Woche eine Anzahl Damen und Herren zu den Rennen«, sagte der Wirt, als er das Essen servierte. »Ich habe gehört, Sie sollen hier aufpassen, damit nichts gestohlen wird.«

»Ja, da haben Sie ungefähr recht.«

»Aber jetzt könnten Einbrecher doch nichts mehr ausrichten. Der junge Mann von der Geldschrankfabrik behauptete, es sei unmöglich, den Safe zu knacken, den er beim Herzog eingebaut habe.«

»Das dürfte auch sehr schwierig sein.«

»Mich wundert nur, warum überhaupt eingebrochen wurde. Alle im Dorf wußten doch, daß niemand im Schloß war, und der Herzog sogar das Silbergeschirr zur Bank hatte schaffen lassen.

Ich habe mit Mr. Cole, dem Kammerdiener des Herzogs, darüber gesprochen. Er bestätigte mir auch, daß die Kerle verrückt gewesen sein müßten. – Sehen Sie, da kommt er gerade!« Er zeigte zum Fenster hinaus.

Bob sah gleichfalls hinaus und bemerkte einen der Diener, den er am Morgen schon im Schloß gesehen hatte. Er mochte etwa dreißig Jahre alt sein, seine Kleidung machte einen gepflegten Eindruck, aber sein Gesicht war glatt und ausdruckslos, wie man es bei einem guten Kammerdiener nicht anders erwarten konnte.

»Er kommt öfters hierher, um ein Glas Wein zu trinken«, sagte der Wirt. »Der Herzog hält große Stücke auf ihn, und Cole ist sozusagen seine rechte Hand. Er ist hier in der Gegend geboren und war früher schon im Schloß. Zwischendurch ging er für sechs Jahre nach Australien. Als sein Bruder starb, kam er zurück, um dessen Erbe zu verwalten. Das Vermögen scheint jedoch nicht groß gewesen zu sein, denn als er wieder nach Windhever kam, hatte er kein Geld. Es war ein Glück für ihn, daß der Herzog gerade einen Kammerdiener brauchte.«

Bob erhob sich und ging zum Ausgang. Der Kammerdiener erkannte ihn und legte die Hand an die Mütze. Bob unterhielt sich eine Zeitlang mit ihm und brachte das Gespräch schließlich auf englische Hügel und einzelne Berge, vor allem auf die großen Erhebungen in Devonshire.

»Nein, da irren Sie sich«, widersprach der Kammerdiener. »Hay Tor ist der höchste Berg in der Gegend, man kann ihn viele Kilometer weit sehen.«

»Ja, von der Spitze hat man eine glänzende Aussicht.«

Cole zögerte.

»Oben bin ich nie gewesen. Aber wenn ich es mir überlege, müssen Sie recht haben.«

Sie sprachen noch über Pferde, besonders über Ponys, und auch hier wußte Cole gut Bescheid.

»Mr. Cole, Sie müssen ein Glas Wein mit mir trinken!« rief Bob spontan aus und führte den Mann auf sein Zimmer, das gleich über der Gaststube lag. »Hier trinkt sich's ungestört. Warten Sie!« Trotz des Widerspruchs des Wirtes holte er eigenhändig Flasche und Gläser. Auf dem Weg hinauf reinigte er ein Glas noch ganz besonders mit seinem Taschentuch.

»Also, auf Ihre Gesundheit«, sagte Mr. Cole und leerte sein Glas in einem Zug.

Später begleitete Bob den Kammerdiener bis zur Treppe, ging ins Zimmer zurück und beschäftigte sich mit dem Glas, das sein Gast benützt hatte. Danach schrieb er einen Brief an Douglas Campbell:

›Ich glaube, ich habe das Geheimnis bereits gelöst und kann den kürzlichen Einbruch aufklären. Ich kann Ihnen auch jetzt schon voraussagen, wie der geplante Einbruch in der Nacht nach dem großen Rennen ausgeführt werden soll. Von einem Glas habe ich einen Fingerabdruck abgenommen. In Scotland Yard wird man leicht feststellen können, daß es sich um einen alten Sträfling handelt. Der Mann heißt Cole und war angeblich sechs Jahre drüben in Australien, und zwar kurz nach der Festnahme der Perres-Bande. Allem Anschein nach hat der Herzog keine Ahnung von Coles Vorleben, ebensowenig die Dorfbewohner. Er kennt die Gegend von Dartmoor ganz genau, besonders die einzelnen Höhenzüge, und er weiß auch sehr gut Bescheid über die Ponys der dortigen Gegend. Meiner Meinung nach war er im Gefängnis von Princetown.‹

Auch Bob Brewer besuchte die Rennen in Goodwood. Er war überzeugt davon, daß die Leute, die es auf die Juwelen im Schloß abgesehen hatten, erst spät in der Nacht ans Werk gehen würden. Als er ins Gasthaus zurückkehrte, fand er ein Telegramm von Douglas Campbell vor.

›Habe bedeutende Entdeckung gemacht. Ihre Theorie ist falsch. Fahre heute abend 7.53 Uhr nach Portsmouth. Kommen Sie mit dem Auto herüber und treffen Sie mich um zehn Uhr fünfzehn im Grand-Hotel.‹

Bob faltete das Telegramm zusammen und ließ den Wirt kommen.

»Können Sie mir einen Wagen besorgen? Ich muß heute abend noch nach Portsmouth fahren.«

Um acht Uhr hielt ein Auto vor der Tür. Bob gab Auftrag, daß ihm alle noch eintreffenden Nachrichten telefonisch nach Portsmouth mitgeteilt werden sollten.

»Es tut mir leid, daß Sie schon fortgehen«, sagte der Wirt. »Ich dachte, Sie würden mindestens bis nach dem großen Ball beim Herzog bleiben.«

»Ja, aber meine Anwesenheit ist hier nicht länger erforderlich. Ich mache Ihnen jetzt ein Geständnis, das die wenigsten Detektive in meiner Lage machen würden. Ganz im Vertrauen gesagt – ich war auf einer falschen Fährte.«

Er hatte ein Ferngespräch nach London angemeldet und mußte einige Zeit darauf warten. Bald läutete das Telefon. Er sprach mit Mrs. Campbell.

»Ich habe ein Telegramm von Ihrem Gatten erhalten, worin er mir mitteilt, daß er mich in Portsmouth treffen will. Kann das stimmen?«

»Ja, soviel ich weiß fährt er mit dem Zug um 7.53 Uhr nach Portsmouth.«

Bob legte auf. Gleich danach fuhr er in Richtung Chichester davon.

Um halb zwei Uhr nachts war der Ball schon zu Ende, das Schloß lag in Dunkelheit, die Gäste waren zu Bett gegangen. Nur im Garten vor dem kleinen Eingang zur Bibliothek stand ein Diener und räusperte sich ab und zu. Viertel nach zwei wurde er abgelöst. Kaum war er verschwunden, kam zwischen den Sträuchern des Parks ein Mann hervor und näherte sich dem Posten.

»Sind Sie es, Cole?« fragte er leise.

»Ja, aber machen Sie schnell! In einer Dreiviertelstunde werde ich wieder abgelöst.«

»All right!«

Er ging am Posten vorbei zur Tür, aber als er sich zum Schlüsselloch niederbeugte, um aufzuschließen, legte sich ein Arm um seinen Hals, und eine Hand faßte in seine Tasche und zog die geladene Pistole heraus.

»Wollen Sie Krach schlagen oder ruhig mitkommen, Soapy?«

»Ich komme mit«, sagte der verdutzte Gangster mit philosophischem Gleichmut. »Sie sind also nicht Cole, sondern Brewer?«

»Erraten, mein Junge. Und jetzt werde ich Ihnen gleich einmal alle Nachschlüssel und Dietriche abnehmen, die Sie bei sich haben.«

»Ich dachte, Sie wären in Portsmouth?«

»Glaubten Sie, daß Sie mich mit einem so primitiven Trick hereinlegen könnten?«

»Aber Sie haben doch mit Mrs. Campbell telefoniert?«

»Ich wußte zufällig, daß Mr. Campbell ohnehin nach Portsmouth fuhr, und Sie haben es wahrscheinlich auch gewußt. Kommen Sie mit, Soapy! Ein paar Jahre Dartmoor werden Ihnen gut tun.«

Tags darauf saß Bob Brewer Mr. Campbell gegenüber.

»Das Ganze war natürlich etwas dürftig und der Trick nicht neu. Der erste Einbruch wurde vorgetäuscht, um die Unzulänglichkeit der Schlösser und des Geldschranks darzutun. Kurz darauf machte Soapy als Vertreter der Geldschrankfabrik einen Besuch beim Herzog und überredete ihn, das ganze Haus neu sichern zu lassen. Der Herzog ist geizig, aber als Soapy ihm vorschlug, nicht nur einen neuen Safe zu liefern, sondern gleich auch neue Schlösser und eine Alarmanlage zu stellen, alles zusammen für zweihundert Pfund, da nahm er das Angebot an. Ich kam darauf, weil der Herzog selbst erwähnte, er habe zweihundert Pfund für alles bezahlt. Ich wußte aber, daß allein der Safe mindestens das Doppelte wert ist. Soapy hatte einen alten Freund im Hause. Er brauchte also nur hinzugehen, die Tür aufzuschließen und den Safe zu öffnen, von dem er selbstverständlich auch die Schlüssel besaß, da er ihn ja selbst dem Herzog verkauft hatte. Er hätte sich mit der Beute davonmachen können, und niemand würde erfahren haben, wann oder wie der Einbruch verübt wurde. Der größte Glücksfall für Soapy war natürlich, daß Cole, der schon den ersten Einbruch ermöglichte, Kammerdiener im Schloß war.«

»Was hat der Herzog dazu gesagt?« fragte Campbell.

»Er hat furchtbar geschimpft und sich aufgeregt, weil es ihn den besten Kammerdiener gekostet hat.«

»Ich sage Ihnen ja dauernd, diese vornehmen Leute sind dickköpfig und schwer von Begriff.«

»Wir wollen uns lieber über meine Spesen unterhalten, die diesmal ziemlich hoch geworden sind!«

4

Als Henry Vandersluis den Entschluß faßte, in die führenden Kreise der englischen Gesellschaft vorzudringen, ging er mit der gleichen Gründlichkeit und Hartnäckigkeit vor wie im Geschäftsleben. Er hatte einst die großen Vandersluis-Werke gegründet, den größten Konzern der Möbelindustrie.

Er siedelte mit seinem Vermögen von zwanzig Millionen Dollar nach England über, wo er gleich eine besondere Vorliebe und Bewunderung für die englische Aristokratie faßte. Vandersluis war fest entschlossen, auch zu ihr zu gehören. Die eisige Kälte und die vielen Zurückweisungen, die er bei seinen Bemühungen erfuhr, schreckten ihn nicht ab.

Er kaufte einen wunderbaren Landsitz in Somersetshire, eine Stadtwohnung am Grosvenor Square, einen Rennstall und eine prachtvolle Jacht, die in den Zeitungen als schwimmender Palast bezeichnet wurde.

Die Motorjacht ›Oisa‹ war hochelegant eingerichtet, sie hatte eine schnittige Form, fabelhafte Maschinen, einen ausgezeichneten Kapitän, hervorragende Offiziere und eine gutgeschulte Besatzung. Nur etwas fehlte – die Gäste. In den wundervollen Kabinen hätten Prinzen wohnen können. Meistens schliefen dort aber nur ein paar Geschäftsfreunde von Mr. Vandersluis, die gar keine Titel besaßen. Es gab auch einen prunkvollen Empfangssalon an Bord. Dort saß Mr. Vandersluis und las die Briefe von Vertretern der höheren Aristokratie, in denen sie ihr tiefes Bedauern äußerten, leider nicht imstande zu sein, seiner freundlichen Einladung zu folgen.

Die große Seglerwoche von Cowes begann. Auf der Reede lagen wunderbare, weiße Privatjachten vor Anker. In den Klubs ging es hoch her, und jede Jacht, mochte sie noch so klein sein, hatte eine Gesellschaft an Bord. Nur die ›Oisa‹ machte eine Ausnahme. Auf ihr saß einzig Mr. Vandersluis, und er befand sich durchaus nicht in freundlicher Stimmung.

Umgeben von komfortablen, aber leeren Decksesseln stand er auf dem Oberdeck und blickte von einer Jacht zur andern. Sein Sekretär, ein düster wirkender junger Mann, trat zu ihm.

»Großartig, wie?« fragte Vandersluis bitter. »Ich möchte am liebsten eine Kapelle mieten, die Besatzung mit Champagner traktieren und dann zwischen all den andern Booten umherfahren.«

»Morgen wird es schon anders werden«, antwortete der Sekretär. »Ich sagte es Ihnen ja gleich zu Anfang, daß es ziemlich ruhig sein würde. Warum haben Sie nicht Mr. Smithers und Mr. Jackson eingeladen?«

»Smithers und Jackson sind verreist«, sagte Vandersluis wütend. »Außerdem kann ich diese Leute aus der City nicht ausstehen. Die reden den ganzen Tag nur darüber, wo sie in London am besten zu Abend speisen können, wie sie die Bank von England hereingelegt haben und dergleichen nebensächliche Dinge. Aber Sie haben recht, morgen wird es bestimmt anders, morgen kommen die vielen jungen Damen – Sie haben doch alles aufs beste organisiert?«

»Selbstverständlich. Gaba de Vere, Gertie Summers, Teddy Bristowe und alle die anderen berühmten Stars kommen.«

»So ist es recht. Man muß erst die Frauen haben, dann bekommt man auch die Männer. Ich wette, wenn die erfahren, daß all die Mädels an Bord sind, müssen wir Extra-Leitern über die Reling hängen, damit sie schnell genug heraufkommen können.«

Seine Worte klangen sehr überzeugt, aber er glaubte selbst nicht daran. Nachdem er eine Weile auf und ab gegangen war, blieb er wieder bei seinem Sekretär stehen.

»Die andere Idee wäre sicher auch gut gewesen, George! Ich habe den besten Roulettetisch, den man auf einer Jacht finden kann. Glauben Sie, daß dies in den Kreisen, auf die es ankommt, bekannt genug ist?«

»Ganz bestimmt. Ich habe dafür gesorgt, daß man an Land und auf den Jachten davon spricht.«

»Haben Sie auch die Notiz in die Presse gebracht?«

George zog einen Zeitungsausschnitt aus seiner Westentasche. »Hier! Die meisten Zeitungen haben den kleinen Artikel gebracht.«

Mr. Vandersluis klemmte sein Monokel ins Auge und las.

»Man sollte doch denken, daß das zieht, nicht wahr? Mein Geld ist genauso viel wert wie das anderer Leute. Aber wir locken nur die an, die wir nicht haben wollen. – Sehen Sie mal, wer kommt da?« Er zeigte über die Reling auf ein Boot, das direkt auf das Fallreep der Jacht zuhielt. »Vielleicht ist das endlich mal jemand!« rief er begeistert.

»Der sieht aber mehr wie ein Büroangestellter aus«, meinte der nüchterne George. »Lords tragen keine weißen Flanellhosen und schwarze Schuhe, wenigstens nicht die, die ich getroffen habe.«

Der Fremde kam mit seinem kleinen Boot längsseits und kletterte das Fallreep hinauf. Er grüßte höflich, nahm seinen Strohhut ab und zog einen Brief aus der Tasche. Mr. Vandersluis drehte das Schreiben in den Händen und las auf der Rückseite: ›Vereinigte Versicherungsgesellschaften‹.

»Ach, ein Geschäftsbrief?« fragte er, riß den Umschlag auf und las:

›Sehr geehrter Herr,

ich habe in den Morgenzeitungen zu meiner größten Beunruhigung von den bedeutenden Geldsummen gelesen, die Sie an Bord der ‚Oisa' mit sich führen. Ich stelle Ihnen diesen Brief durch einen besonderen Boten zu, nicht weil ich Sie stören, sondern weil ich Ihnen helfen möchte. Darf ich Sie unter diesen Umständen bitten, besonders da Sie bei uns gegen Diebstahl hoch versichert sind, unseren besten Detektiv, Mr. Bob Brewer, an Bord der Jacht als Gast aufzunehmen? Sicher haben Sie schon in Amerika von ihm gehört.

Mr. Brewer hat mir berichtet, daß zur Zeit auf der Insel Wight eine Verbrecherbande ihr Unwesen treibt, und er fürchtet, daß der Artikel in der Zeitung die Verbrecher geradezu auf den

Gedanken bringen könnte, Ihnen einen unerwünschten Besuch abzustatten. Wir haben es so eingerichtet, daß Mr. Brewer morgen zu Ihnen kommt, und zwar in der Verkleidung eines Matrosen, der bei Ihnen an Bord Anstellung findet. Unser Mr. Brown, der dieses Schreiben überbringt, wird Ihnen morgen Mr. Brewer zwar nicht vorstellen, jedoch zeigen, damit kein unnötiges Aufsehen erregt wird. Es freut uns, Ihnen diesen Dienst erweisen zu können. Sonderkosten werden dafür nicht berechnet.

Douglas Campbell‹

Mr. Vandersluis faltete den Brief zusammen und betrachtete den Überbringer durch sein Monokel.

»Kennen Sie den Inhalt des Schreibens?«

»Jawohl.«

Der Millionär verzog den Mund.

»Es ist mir unangenehm, Detektive an Bord zu haben. Meiner Meinung nach ist das überflüssig. Doch wenn dieser Mann von der Versicherung unbedingt an Bord kommen will, habe ich schließlich auch nichts dagegen. Sie können Mr. Brewer ein Telegramm senden und ihm mitteilen, daß ich ihn erwarte.« Er rief George, der etwas abseits stand, herbei. »Dies ist Mr. Brown. Sorgen Sie dafür, daß er Quartier für die Nacht bekommt. Was wollen Sie trinken?«

»Limonade«, antwortete der bescheidene und zurückhaltende Mr. Brown.

Mr. Vandersluis stöhnte, denn er hatte fünfzig Kisten besten französischen Champagner an Bord.

Am Abend beim Essen trank Mr. Brown aber doch zwei Gläser Portwein, und unter dem Einfluß des Alkohols redete er freier und offener. Er, George und Mr. Vandersluis waren die einzigen, die bei Tisch saßen, und sie wirkten ziemlich verloren in dem großen, prachtvollen Speisesaal.

»Die ganze Gesellschaft ist nicht viel wert!« erklärte Mr. Vandersluis.

»Das ist auch Mr. Campbells Meinung«, erwiderte Mr. Brown. »Er sagt, daß die Gesellschaft . . .«

»Ich will nicht wissen, was Mr. Campbell sagt«, fuhr ihn Vandersluis an. »Er hat kein Recht, sich derartig über die Gesellschaft zu äußern. Erstens gehört er nicht dazu, und zweitens ist er der Diener dieser Leute – auch der meine natürlich . . .«

»Das ist es ja gerade, was Mr. Brewer ihm immer sagt«, versicherte Mr. Brown, der sich nicht im geringsten einschüchtern ließ.

»Brewer? Ach, das ist der Mann, der morgen an Bord kommen soll? Wer ist das eigentlich? Ich glaube, daß ich schon von ihm gehört habe.«

»Er ist ein sehr netter, umgänglicher junger Mann, und er kann in unwahrscheinlich vielen Verkleidungen auftreten.«

»So? Nun, Sie brauchen mir ihn erst gar nicht zu zeigen, den finde ich unter Tausenden heraus. Diese Detektive haben etwas an sich, das sie schon auf einen Kilometer Entfernung verrät. Außerdem ist diese Angst, Verbrecher könnten hier an Bord kommen, doch einfach kindisch. Wie sollten sie das wohl anstellen? Ich habe zwanzig Mann Besatzung, die Heizer eingerechnet, und ich liege gut einen Kilometer vom Ufer weg. Und Sie können mir glauben, daß ich mit einer Pistole besser umgehen kann als irgend jemand, der sich heute abend in Cowes aufhält.«

»Das glaube ich Ihnen schon«, sagte Mr. Brown und goß sich noch ein Glas Portwein ein.

»Alle haben sie versucht, mir das Geld abzunehmen – die Bande von Moore und die von O' Donovan. Aber es ist keinem gelungen. Mir hat noch keiner einen Dollar abgenommen, mein Junge, darauf können Sie sich verlassen.«

»Eben«, stimmte Mr. Brown schon ein wenig schläfrig bei. »Als ich heute an Bord kam, dachte ich sofort, das ist ein Mann, dem man nicht einen einzigen Dollar abnehmen kann.«

Mr. Vandersluis sah ihn belustigt an.

»Sie scheinen ja wirklich nicht viel vertragen zu können! Es wäre vielleicht doch besser gewesen, wenn Sie Limonade getrunken hätten.«

»Ich bin vollkommen nüchtern«, sagte Mr. Brown und versuchte aufzustehen. Aber er ließ sich schnell wieder in seinen Sessel fallen und machte ein verdutztes Gesicht.

»Also, setzen Sie sich einmal bequem hin«, redete Mr. Vandersluis ihm gut zu. »George, helfen Sie mir!«

Sie führten Mr. Brown zu einem der prachtvollen Klubsessel, plazierten ihn behutsam darin und gingen an Deck.

Mr. Vandersluis hatte die Gewohnheit, bis zwölf Uhr nachts oben zu bleiben, wenn es ihm auch wenig Vergnügen bereitete. Von Bord der anderen Jachten hörte er fröhliches Lachen.

Sein Sekretär George legte beim Schein der großen Decklampen Patience.

Mr. Vandersluis lehnte gerade an der Reling, als eine Stimme aus dem Dunkel ihn anrief.

»Jacht, ahoi!«

Es war kurz vor Mitternacht, und Vandersluis zögerte. Er wußte nicht recht, wie er sich verhalten sollte, denn es war die Stimme einer Dame.

Gleich darauf hörte er sie schon bedeutend näher.

»Helfen Sie mir bitte, ich habe ein Ruder verloren!«

Er starrte in die Dunkelheit hinab. Schließlich entdeckte er ein kleines Boot. Er rief nicht erst einen Matrosen, sondern kletterte selbst hinunter, nahm die Leine, die an der Reling hing, und warf sie geschickt nach dem Boot hinüber.

Es war eine Dame in Abendkleidung. Er half ihr auf die untere Plattform des Fallreeps, machte das Boot fest und führte sie auf Deck. Im hellen Licht sah er, daß sie jung und hübsch war. Sie trug ein kostbares Kleid, und ihr Perlenhalsband war ein kleines Vermögen wert. Aber sie schien sehr müde zu sein und sank in einen Korbsessel.

»Holen Sie etwas Kognak, George – oder nein«, korrigierte er sich gleich, »bringen Sie eine Flasche Champagner!« Er strahlte über seine Idee und war von dem Abenteuer begeistert.

Die junge Dame trank das Glas Champagner in einem Zug aus und sah ihn mit einem dankbaren Lächeln an.

»Es war eine Torheit von mir. Ich dachte, ich könnte allein zur Jacht meines Vaters zurückrudern. Als ich aus dem Klub kam, war der Matrose nicht im Boot, und so ruderte ich selbst. Ich bin«, stellte sie sich vor, »Lady Mary Glendellon. Mein Vater ist der Earl von Crouboro.«

»Ich freue mich, Ihre Bekanntschaft zu machen«, erwiderte Mr. Vandersluis heiser, beinah ehrfürchtig. »Ich hoffte, Ihren Vater zu sehen, aber er hatte leider eine wichtige Verabredung in Wales. Ich wußte nicht, daß er schon zurück ist.«

»O ja, er ist zurück – ich bin Ihnen sehr dankbar, vielleicht haben Sie mein Leben gerettet. – Es war allerdings nicht ganz korrekt von mir, ich blieb länger im Klub, als ich eigentlich sollte. Das heißt, wir waren nicht nur im Jachtklub«, gestand sie ganz offen, »sondern wir gingen nachher noch zu Lord Bentel. Aber das dürfen Sie meinem Vater nicht erzählen. Dort haben wir Bakkarat gespielt.«

Mr. Vandersluis lächelte höflich und diskret.

»Ja, die modernen Damen! Was würde wohl Ihre Großmutter sagen, wenn sie erführe, daß Sie Bakkarat spielen?«

Sie lachten beide. Sie schienen sich gut zu verstehen.

»Wie ist es hier schön und bequem! Was haben Sie doch für eine elegante Jacht.« Begeistert schaute sie sich um. »Wollen Sie mich nicht ein wenig herumführen, bevor ich gehe?«

Er erfüllte ihren Wunsch nur zu gern, und sie zeigte sich von allem höchst entzückt.

»Morgen muß ich unbedingt wiederkommen und meinen Vater mitbringen. Er muß diese Jacht sehen. Sie ist ja fabelhaft! Und ich will auch die Herzogin von Thacham bitten, mitzukommen. Sie ist eine sehr vornehme und liebenswürdige Dame.«

Mr. Vandersluis holte tief und befriedigt Atem.

Als sie sich der Tür des Salons näherten, fiel Vandersluis ein, daß Mr. Brown, der dort noch in seinem Sessel schlief, nicht gerade einen vornehmen Eindruck machen würde. Deshalb gab er seinem Sekretär einen Wink, vorauszugehen. Mit einem kräftigen Ruck schob George den Sessel so weit herum, daß nur die Rückenlehne zu sehen war.

»Dies ist der Gesellschaftssalon.«

Der Tisch war abgeräumt, Vasen mit duftenden Rosen standen darauf. Lady Mary setzte sich und stellte eine große, seidene Handtasche vor sich hin. Mr. Vandersluis nahm links von ihr Platz, er fürchtete jeden Augenblick, dieser unmögliche, betrunkene Mr. Brown könnte zu schnarchen anfangen.

»Es war ein recht aufregender Tag für mich«, seufzte die junge Dame.

»Meinen Sie nicht, daß ich Sie zu Ihrer Jacht zurückrudern lassen sollte?« fragte Mr. Vandersluis. »Der Earl von Crouboro ist doch sicher sehr besorgt um Sie?«

»Aber nein.« Sie lachte. »Ich glaube, Sie wissen nicht, wie wir zu leben gewohnt sind, Mr. – ach, ich habe Ihren Namen vergessen!«

»Vandersluis.«

»Ja, es war ein kolossal aufregender Tag.« Eifrig zählte sie ihre Abenteuer auf. »Erstens wäre ich fast auf dem Meer verlorengegangen, dann habe ich tausend Pfund im Bakkarat gewonnen, und schließlich wurde mir beinah mein Perlenhalsband gestohlen.«

»Was, die kostbare Kette?«

»Ja. Haben Sie noch nichts davon gehört? Es treiben sich entsetzliche Leute in Cowes herum. Ich glaube, es sind amerikanische Gangster. Ganz gemeine Verbrecher – zwei Männer und eine Frau. Wissen Sie wirklich nichts davon?«

»Doch, ja, ich hörte . . .«

»Und diese entsetzliche Frau – wie heißt sie doch gleich? Ja – Perlen-Sara! Ist das nicht ein lächerlicher Name?«

Mr. Vandersluis hörte den Namen zum erstenmal, aber er nickte. Er hatte es sich zur Regel gemacht, alles zu wissen, was in der Welt vorging, auch wenn er keine Ahnung davon hatte.

»Wie hat sich die Geschichte zugetragen?« fragte er.

»Sie kam heute morgen an Bord«, erzählte Lady Glendellon, »und gab vor, von mir als Zofe engagiert worden zu sein. Ich war gerade an Land, und da ich tatsächlich ein junges Mädchen engagiert hatte, stellte niemand weitere Fragen an sie. Man zeigte ihr meine Kabine. Wenn unser Obersteward nicht auf der Hut gewesen wäre, hätte sie mir meinen ganzen Schmuck geraubt. Er zwang sie, die Kabine zu verlassen, und so konnte sie nicht ein einziges Schubfach öffnen, bis ich zurückkam.«

»Da haben Sie Glück gehabt! Ist die Perlen-Sara entkommen?«

»Ja. Sie ging unter irgendeinem Vorwand an Land und ließ

sich nicht wieder blicken. Die Sache hat mich furchtbar aufgeregt.«

Mr. Vandersluis versuchte die Unterhaltung fortzusetzen, aber seine Besucherin wurde unruhig und zerstreut.

»Würde wohl jemand von Ihren Leuten mich ans Ufer rudern?« fragte sie plötzlich.

»Ans Ufer?«

»Ja. Wissen Sie, es ist wie ein Fieber.« Sie lachte, steckte die Hand in ihre Tasche und holte einen Stoß Spielkarten und ein Bündel Banknoten heraus.

Mr. Vandersluis wußte nicht, was er sagen sollte.

»Wollen Sie durchaus das Geld noch verspielen?«

»O nein!« rief sie selbstbewußt aus. »Ich habe in den letzten zwölf Monaten dauernd gewonnen.«

»Nun, wenn Sie unbedingt Bakkarat spielen wollen, können Sie auch mit mir spielen«, schlug Mr. Vandersluis vor. »Ich habe nicht die Absicht, Ihnen Ihr Geld abzunehmen«, beruhigte er sie, als er sah, daß sie zögerte.

»Bitte, sagen Sie so etwas nicht! Wenn Sie wollen, spiele ich gern mit Ihnen, aber Sie dürfen meinem Vater nichts davon erzählen.«

Sie spielten, und Mr. Vandersluis gewann ein Spiel nach dem anderen. Der Haufen Geldscheine, den sie vor sich aufgetürmt hatte, wurde immer kleiner. Vandersluis überlegte sich schon, unter welchem Vorwand er ihr später das Geld zurückgeben könnte. Anderseits war er froh, nun endlich mit den führenden Kreisen der Aristokratie in Berührung gekommen zu sein. Jeder Eingeweihte wußte, daß der Earl von Crouboro großen Einfluß besaß, und daß man mit einer Einführung bei Hofe rechnen konnte, wenn man ihn zum Freund hatte. Als das vor ihr liegende Geld verspielt war, holte sie aus ihrer Handtasche ein neues Bündel Banknoten hervor.

»Ich habe alles gewonnen. Sie können es mir also ruhig wieder abnehmen. Ich halte die Bank und setze zweitausend Pfund.«

»Einverstanden«, sagte Mr. Vandersluis höflich und verlor den Satz.

Er gewann zwischendurch, doch im allgemeinen verlor er. Sie

spielten fast eine Stunde lang. Er schickte seinen Sekretär zum Geldschrank. George brachte ein Bündel Hundertpfundnoten, die langsam dahinschwanden.

Mr. Vandersluis wurde es heiß und kalt. Es war ein großer Unterschied, ob man von einer jungen Dame große Summen gewann, die man ihr wieder zurückgeben wollte, oder ob man selbst große Summen verlor.

»Machen Sie das Fenster auf!« rief er seinem Sekretär zu. »Es ist furchtbar heiß hier. Und bringen Sie Geld, mehr Geld!«

Das Geld kam. Als er die Hälfte davon verloren hatte, sah Lady Mary erschrocken auf ihre Armbanduhr.

»Ach, es ist schon Viertel nach zwei!« Sie steckte die Banknoten, die vor ihr lagen, in die Tasche. »Jetzt muß ich aber gehen.«

Ein Licht glitt draußen vorbei. Sie sprang auf und schaute hinaus.

»Mein Gott, das ist die Jacht meines Vaters! Er muß gehört haben, daß ich hier bin. – Gute Nacht, Mr. Vandersluis, ich werde Sie morgen wieder besuchen.«

Mr. Vandersluis schwitzte heftig. Er hatte eine Menge Geld verloren und reichte ihr gezwungen lächelnd die Hand.

»Wollen Sie mir nicht auch gute Nacht sagen?« fragte Mr. Brown, der wie aus der Versenkung aufgetaucht in der Tür des Salons stand. Er hielt die Hände in den Taschen und lächelte zufrieden.

»Wie bitte?« Die junge Dame runzelte die Stirn.

»Wollen Sie mir wirklich nicht guten Abend sagen, Sara?« fragte Bob Brewer. »Es ist zwar schon viele Jahre her, seit wir uns zum letztenmal trafen, aber Sie erinnern sich vielleicht noch an den Abend, an dem ich Sie gefangennahm, weil Sie James H. Seidlitz vollkommen ausplünderten?«

»Sie belästigen mich!« erwiderte sie scharf, sprang blitzschnell zum Fenster und rief etwas hinaus.

»Machen Sie sich keine Sorgen wegen Ihrer Komplicen«, meinte Bob. »Draußen wartet ein Polizeiboot auf Sie, seit Sie an Bord sind.«

»Was hat dies alles zu bedeuten?« fragte Mr. Vandersluis aufgeregt. »Ist sie denn nicht die Tochter des Earl von Crouboro?«

»So genau kenne ich natürlich das Privatleben des Earls nicht. Aber sollte sie wirklich seine Tochter sein, dann weiß er vermutlich noch gar nichts von seinem Glück.«

5

»Warum gehen die Leute überhaupt nach Ostende?« fragte Bob Brewer den Generaldirektor der Vereinigten Versicherungsgesellschaften ärgerlich.

Douglas Campbell schüttelte den Kopf.

»Ja, warum tun sie das? Weil ein anderer es auch tut! Ostende mag ich persönlich übrigens auch recht gern. Ich liebe das Meer, den Strand, die Hotels, ich sitze gern im Kursaal und höre dem Orchester zu.«

»Es kommt gar nicht darauf an, was Sie lieben«, mokierte sich Bob. »Ich fragte Sie nur, warum die anderen dorthin gehen, die nämlich, die genug Geld haben, um es mit vollen Händen 'rauszuschmeißen?«

»Nun, es gibt mancherlei Vergnügungen in Ostende. Da sind zum Beispiel die Spielbanken, wo man Geld gewinnen oder verlieren kann, je nachdem. Und man kann dort gut essen. Frischer Hummer ist eine Spezialität von Ostende. – Ich habe Ihnen ein Zimmer in einem kleinen, nicht allzu teuren Hotel in der Nähe des Hafens reservieren lassen.«

»Das können Sie sofort wieder abbestellen. Wenn ich überhaupt nach Ostende gehen soll, dann bestellen Sie gefälligst ein Luxusapartment im ›Splendid‹. Soviel ich weiß, ist es das beste und komfortabelste Hotel am Platz.«

»Aber, lieber Freund, es liegt doch nichts Besonderes vor«, erwiderte Mr. Campbell verzweifelt. »Sie sollen drüben nur die Leute beobachten. Es handelt sich nicht um einen besonderen Fall. Sie haben sozusagen Ferien. Die Direktoren unserer Gesellschaften gönnen Ihnen auch einmal ein paar angenehme Tage, damit Sie sich etwas erholen können. Wenn Sie natürlich sehen, daß ein Gentleman einem unserer Klienten die Nadel aus der Krawatte stiehlt, sind Sie verpflichtet, ihm das auszureden.«

»Also schön, ich fahre mal hinüber und schau' mir den Betrieb an. Aber ich protestiere dagegen, daß ich an dieser verdammt heißen Küste sitzen und mir die Sonne auf die Nase brennen lassen soll, bis sie sich häutet. Wie gesagt, besorgen Sie mir ein Luxuszimmer im Hotel Splendid.«

»Könnten Sie nicht als ein netter, ruhiger Tourist hingehen?« fragte Mr. Campbell ängstlich. »Dann brauchen Sie nicht so sündhaft viel Geld auszugeben. Das paßt doch auch gar nicht zu Ihrer Rolle.«

»Wenn ich schon eine Rolle spiele, dann die eines Millionärs. Das liegt mir bedeutend besser.«

Bob Brewer reiste, und er wohnte im Hotel Desthermes, das lange nicht so teuer war wie das ›Splendid‹. Am ersten Tag machte er einen Ausflug in die Umgebung. Abends hörte er sich im Kursaal ein Konzert an, besuchte später die Spielsäle und ein paar Cafés in der Hoffnung, irgendwelche bekannten Leute zu finden. Aber in dieser Beziehung hatte er kein Glück.

Das Wetter am nächsten Morgen war prachtvoll. Ostende zeigte sich ihm so schön und herrlich wie noch nie, als er in den sonnigen Tag hinaustrat und durch die Kuranlagen schlenderte.

Nach dem Frühstück machte er einen Besuch auf dem Polizeipräsidium. Der Beamte, den er dort traf, begrüßte ihn herzlich. Sie hatten vor dem Krieg zusammen in New York gearbeitet.

»Nein«, versicherte der Polizeichef, »zur Zeit sind keine verdächtigen Individuen in der Stadt. Wir beobachteten die Dampfer sehr genau, wie es ja auch die englische Polizei drüben tut. Lew Simmons ist durch die Kontrolle geschlüpft, aber ich erkannte ihn, ließ ihn festnehmen und schickte ihn mit dem nächsten Dampfer wieder zurück. Ein paar Verbrecher, die von Paris über Brüssel hierherkamen, habe ich gleich am ersten Tag fassen können. Sie sitzen jetzt im Gefängnis von Gent, weil sie mit gefälschten Pässen gereist sind. Nein, Monsieur Brewer, in Ostende ist es zur Zeit ruhig.«

»Hm! Es ist mir ein wenig zu ruhig. Ja, was ich Sie noch fragen wollte – Teddy Bolter ist doch wieder in Belgien, und ich glaube, hier?«

»Ja, schon, aber das ist ein Mann, der sich gebessert hat. Er besitzt jetzt eine kleine Bar in der Rue Petit Leopold.«

»Ich werde Teddy einmal besuchen.«

Bolter war ein untersetzter, breitschultriger Mann in mittleren Jahren.

»Sieh mal, Mr. Brewer!« rief er und reichte Bob die Hand über den Schanktisch. »Es geschehen also auch heute noch Wunder. Wollen Sie etwas Alkoholfreies, Mr. Brewer, oder soll ich Ihnen einen netten Bronx-Manhattan oder einen Martini mixen?«

»Ein Martini wäre nicht schlecht. Wie geht's, Teddy?«

»Ach, ganz gut. Ich führe ein anständiges, ordentliches Leben und hoffe, so viel Geld zu sparen, daß ich mir eine kleine Villa in St. Jean de Luz leisten kann. Dort will ich dann später meinen blondlockigen Enkelchen die bewegten Abenteuer meines früheren Lebens erzählen.«

»Muß ja entzückend werden! Großartige Aussichten, Teddy! Ich sehe Sie im Geist schon auf der Terrasse Ihres kleinen Schlößchens im goldenen Sonnenschein. Sicher erzählen Sie dann die Geschichte, wie Sie in die Bank von Detroit einbrachen und den Wachmann erschossen. Das war allerdings ein böses Abenteuer!«

»Das gehört jetzt der Vergangenheit an, Mr. Brewer. Ich würde viel darum geben, wenn ich mein Leben noch einmal von vorn beginnen könnte.«

»Dies wird Ihnen wohl kaum beschieden sein, Teddy. Ist einer von den Jungens hier?«

»Was meinen Sie damit?« fragte Bolter pikiert. »Sie glauben doch nicht etwa –? Ich bin seit Jahren nicht mit solchen Leuten zusammengekommen. Nur einmal hatte ich einen Südländer als Barmann, der hat die Kasse ausgeraubt und ist damit nach Holland geflohen.«

»Herzliches Beileid. Das war bestimmt eine neue Erfahrung für Sie, sich auf einmal selbst im Lager der Geschädigten zu sehen!«

Bolter überhörte die Bemerkung. Er wischte energisch den Schanktisch ab.

»Nein, mit den Geschichten habe ich nichts mehr zu tun. Meine Stammkunden sind Trainer und Jockeis. Darum weiß ich allerhand über Pferde und dergleichen. Bleiben Sie während der Rennen in Ostende, Mr. Brewer?«

»Ich weiß es noch nicht genau.«

»Sind Sie geschäftlich hier?«

»Ja, ich mache zum Vergnügen Geschäfte, oder ich mache mir ein Vergnügen aus dem Geschäft, es ist alles dasselbe. Wenn ich aber hierbleiben sollte, komme ich noch einmal vorbei und lasse mir von Ihnen einen Tip für die Rennen geben.«

»Nicht nötig«, sagte Teddy eifrig, »den Tip können Sie gleich haben. Ich kann Ihnen jetzt schon sagen, welches Pferd das große Hindernisrennen machen wird. Es ist Thotis. Der Gaul wurde extra von England herübergebracht. Er gehört Mr. Mandle Jones.«

Bob war schon im Begriff, aufzubrechen, aber als er diesen Namen hörte, blieb er stehen. Mandle Jones war ein junger Mann, der das Geld mit vollen Händen hinauswarf und auch häufig Geld verlor.

»Bestimmt, Mr. Brewer, verlassen Sie sich darauf«, ereiferte sich Teddy, »und ich tu' Ihnen den Gefallen gern.«

»Wirklich? Meiner Meinung nach müßten doch gerade Sie nicht sehr gut auf mich zu sprechen sein.«

»Ich sagte Ihnen doch – lassen wir das Vergangene! Sie haben damals Ihre Pflicht getan, und ich trage niemandem lange etwas nach. Glauben Sie mir, ich gebe Ihnen den guten Rat, auf Thotis zu setzen. Das Pferd ist heute morgen mit dem Dampfer angekommen, und wenn es das Rennen nicht gewinnt, will ich nicht Bolter heißen.«

»Na schön, ich will es mal auf Ihren Rat hin wagen«, sagte Bob und verließ das Lokal.

In seinem Hotel fand er folgendes Telegramm vor:

›Dringend. Komme nach Ostende – holen Sie mich heute nachmittag am Dampfer ab.‹

Bob war pünktlich am Kai, als die ›Prinzessin Clementine‹ anlegte. Douglas Campbell kam auf ihn zu.

»Willkommen in Ostende«, begrüßte ihn Bob. »Sie kommen gerade zur rechten Zeit, um Geld zu verdienen. Ich habe einen großartigen Tip für die morgigen Rennen.«

»Sie meinen doch nicht etwa Thotis?« fragte Campbell.

Bob starrte ihn erstaunt an.

»Sie haben wohl die Sportzeitungen gelesen, daher sind Sie so gut im Bilde? Was wissen Sie denn über Thotis?«

»Nichts. Ich bin mit dem Besitzer des Pferdes herübergekommen, und ich möchte Sie mit ihm bekannt machen. Warten Sie einen Augenblick hier!«

Campbell wandte sich weg und winkte einem jungen, eleganten Mann. Mandle Jones kam auf sie zu.

»Hallo, Campbell!« rief er. »Ich dachte, ich hätte Sie verloren.«

»Darf ich Ihnen Robert Brewer vorstellen . . .«

Allgemeine Redensarten wurden gewechselt, es ging zur Zollabfertigung, ein Diener trug das Gepäck voraus.

»Warum sind Sie gekommen?« fragte Bob.

Campbell erklärte es ihm erst im Hotel.

»Gestern entdeckte ich, daß eine uns neuerdings angeschlossene Gesellschaft eine Versicherung abgeschlossen hat, die unglaublich ist und an Wahnwitz grenzt. Bob, ich habe Ihnen schon oft von der Dummheit vornehmer Leute erzählt . . .«

»Ja, leider zu oft.«

»Aber daß ein Mitglied der Gesellschaft eine Versicherung hereinlegt, ist unerhört!«

»Um Himmels willen! Meinen Sie etwa den jungen Mr. Mandle Jones?«

»Genau den. Er ist zwar nicht aus einer alten und vornehmen Familie, aber er ist sehr reich und versteht es, Geld auszugeben. Hören Sie einmal gut zu!« Campbell zog sein Notizbuch aus der Tasche. »Dies sind die hauptsächlichsten Punkte der Vereinbarung: Wir übernehmen es, sein persönliches Eigentum gegen Diebstahl und Raub zu versichern, ganz gleich, wo ihm die Vermögenswerte abgenommen werden. Damit nicht genug, versichern wir ihn auch noch gegen Betrug und betrügerische Übervorteilung! Der Generalagent, der diese Versicherung einging, hat natürlich seine Stellung verloren, und der Direktor der betreffenden Gesellschaft mußte seinen Posten aufgeben. Der Vertrag hat noch sechs Monate Gültigkeit. Bisher wurde Jones von der Gesellschaft, die diesen Vertrag mit ihm abschloß, überwacht, doch jetzt sind die Vertragsverpflichtungen auf uns übergegangen, weil wir diese Firma aufgekauft haben.«

»Worauf läuft die Sache also hinaus?«

»Mandle Jones hat in seinem Leichtsinn dreißigtausend Pfund in englischen Banknoten nach Ostende mitgebracht, um sie auf sein Pferd, von dem wir eben sprachen, zu setzen.«

»Meiner Meinung nach kann er dabei aber nur sehr wenig gewinnen. Und falls er verliert, müssen wir ihn ja nicht dafür entschädigen.«

»Leute, die etwas davon verstehen, behaupten, daß sein Pferd überhaupt nicht geschlagen werden kann. Aber – wir haben ihn versichert gegen betrügerische Übervorteilung, und ich bin überzeugt, daß ihm das Geld durch irgendeinen Trick abgenommen wird.«

»Ich will mich einmal mit ihm unterhalten«, schlug Bob nach kurzer Überlegung vor. »Ich bin wirklich neugierig geworden.«

»Sprechen Sie heute abend im Hotel mit ihm. Ich habe ihn zum Essen eingeladen.«

Mr. Mandle Jones erschien zum Essen, doch war er schlechter Laune und bedauerte offenbar, daß er die Einladung angenommen hatte.

»Ich kann heute abend nicht lange bleiben«, sagte er zu Campbell, »und ich weiß auch nicht, warum Sie ausgerechnet nach Ostende mitkommen mußten. Verzeihen Sie, daß ich so offen bin. Meiner Meinung nach war es nicht gerade sehr höflich von Ihrer Gesellschaft, sich in meine Angelegenheiten einzumischen, als ob man mir in Gelddingen nicht trauen könnte.«

»Mr. Jones«, erwiderte Campbell, »ich war ein Freund Ihres Vaters. Sie werden also verstehen, daß ich die Interessen seines Sohnes vertreten möchte.

Mr. Jones lachte.

»Tun Sie es etwa nicht? Ich habe eine Versicherung abgeschlossen, die Ihre Gesellschaft übernommen hat – die Einzelheiten habe ich allerdings vergessen, aber ich glaube doch, daß ich gegen alle Verluste versichert bin, die ich bei Pferderennen erleiden könnte.«

»Aber Sie können doch überhaupt nichts verlieren«, warf Bob ein, »wenn alles, was ich über Ihr Pferd gehört habe, stimmt. Auf der andern Seite begreife ich jedoch nicht, wie Sie etwas gewinnen wollen.«

»Wieso?« fragte Jones unangenehm berührt.

Bob zuckte die Schultern.

»Sie wissen sicher, wie Gewinn und Verlust beim Totalisator berechnet werden. Der eingenommene Betrag wird unter die Gewinner verteilt, nachdem zehn Prozent davon abgezogen worden sind. Nehmen wir einmal an, daß Sie dreißigtausend Pfund setzen wollen . . .«

»Sie scheinen gut informiert zu sein!« grinste Jones.

»Außer Ihnen setzen auch noch andere Leute, sagen wir, zusammen zwanzigtausend Pfund. Das sind im ganzen fünfzigtausend Pfund – abzüglich zehn Prozent macht fünfundvierzigtausend Pfund, die auf die Gewinner verteilt werden. Sie können dann höchstens einen Gewinn von zehntausend Pfund machen.«

»Das ist mir vollkommen klar«, erwiderte Mr. Jones liebenswürdig. »Deshalb setze ich ja auch gar nicht beim Totalisator.«

»Aber welcher Buchmacher würde eine Wette von Ihnen annehmen?« fragte Bob.

»Burgen & Brock«, antwortete Jones prompt. »Ich habe mit den Leuten verhandelt, sie nehmen eine Wette 4:1 an. Was sagen Sie dazu?«

»Das müssen tatsächlich Menschenfreunde sein!«

Als sich Mr. Jones empfohlen hatte, erhob sich auch Bob.

»Campbell, ich will einmal ein paar Erkundigungen einziehen. Die Buchmacher nehmen Wetten in diesem Verhältnis doch gar nicht an. Da ist etwas nicht in Ordnung.«

Er erkundigte sich beim Hotelportier, von dem er folgende Auskunft erhielt:

»O ja, ich kenne Burgen & Brock. Es ist die älteste Firma, die sich mit Rennwetten befaßt.«

»Sind die Leute ehrlich?«

»Vollkommen. Die Firma hat die allerbeste Kundschaft – viele englische Adlige, die nach Ostende kommen. Mr. Burgen starb vor einiger Zeit, Brock führt das Geschäft allein weiter.«

Bob schlenderte durch die Spielsäle des Kasinos und stieß dort auf einige englische Sportgrößen. Unter anderem sprach er auch mit Lord Tathington.

»Brock führt das Geschäft nach dem Tod seines Partners weiter«, bestätigte ihm auch der Lord. »Er ist wirklich ein anständiger Geschäftsmann. Aber warum fragen Sie? Wollen Sie eine Wette bei der Firma abschließen?«

»Nein. Wo ist eigentlich die Firma?«

»Brock hat ein Büro in Brüssel, aber er kommt zu jedem Rennen entweder persönlich herüber oder schickt seinen Vertreter.«

Bob sah auf die Uhr. Er hatte noch zehn Minuten Zeit, um den Nachtzug nach Brüssel zu erreichen.

Mitten in der Nacht traf er in der belgischen Hauptstadt ein.

Am nächsten Tag, an dem auch die Rennen stattfanden, sah Campbell Bob Brewer erst zur Mittagszeit wieder. Der Generaldirektor fühlte sich nicht ganz wohl, düstere Ahnungen, er würde viel Geld verlieren, plagten ihn.

»Was haben Sie entdeckt, Brewer?« fragte er.

»Sehr viel. Haben Sie schon einmal Nachforschungen über Buchmacher um drei Uhr morgens angestellt, obendrein in einer fremden Stadt? Wenn ich mich nicht sehr täusche, gehört Mr. Mandle Jones zu den etwas naiven Gemütern, die von ihrer Unfehlbarkeit völlig überzeugt sind und keinem andern etwas zutrauen.«

»Ja, das glaube ich auch«, stimmte Campbell zu.

»Aber ich halte es jetzt für zu spät, ihn noch bekehren zu können. Vor allem müssen Sie mir jetzt versprechen, heute alles zu tun, was ich Ihnen sage.«

»Sie wollen doch sein Pferd nicht vergiften?« fragte Campbell unsicher.

»Nein. Das Pferd ist gut bewacht, es besteht kaum eine Möglichkeit, an das Tier heranzukommen. Ich habe mich nach diesen Dingen genau erkundigt.«

»Doch was soll das heißen, daß ich alles tun muß, was Sie mir sagen?«

»Sie müssen jeden Vorschlag, den ich Ihnen nachher mache, unbedingt annehmen. So – wenn Sie fertig sind, wollen wir zur Rennbahn gehen.«

Das Rennen war stark besucht, und sie hatten große Mühe, zum Sattelplatz zu kommen. Die Nummern für das erste Rennen wurden gerade hochgezogen, als sie Mandle Jones entdeckten, der sie auch gesehen hatte und ihnen aus dem Weg gehen wollte. Aber Bob trat auf ihn zu.

»Mr. Jones, ich möchte Ihnen einen Vorschlag machen.«

»Los, sagen Sie, was Sie wollen!«

»Zunächst möchte ich Ihnen sagen, daß ich Detektiv bin. Es gehört also zu meinem Beruf, Fragen zu stellen. Wollen Sie auf Ihr Pferd wetten? Und zahlen Sie das Geld in bar?«

Jones runzelte die Stirn und zögerte.

»Ja«, sagte er dann kurz. »Ich habe das Geld mitgebracht.«

»In Tausendpfundnoten?«

»Warum fragen Sie danach?«

»Wollen Sie mir einen großen Gefallen tun? Setzen Sie auf Ihr Pferd nicht früher, als bis es zum Startplatz geführt wird.«

»Darauf können Sie sich todsicher verlassen. Ich wette erst dann, wenn ich sehe, daß das Pferd auch sicher am Rennen teilnimmt.«

»Das wäre das eine. Also, man hat Ihnen eine Wette von 4:1 angeboten. Kommt es Ihnen nicht merkwürdig vor, daß Ihre Buchmacher auf eine derartig hohe Quote eingegangen sind?«

»Doch. Es ist natürlich auch ein Glücksspiel für die Leute. Wollen Sie sonst noch etwas von mir?«

»Das weitere erzähle ich Ihnen später.«

Die Menschenmenge strömte nach dem Vorrennen auf den Sattelplatz und wartete geduldig, bis die Gewinnquote bekanntgegeben wurde.

Bob sah mit Interesse, daß Thotis von den Buchmachern 2:1 gehandelt wurde, höchstens 5:2. Er beobachtete auch den jungen Mann, der in der Reihe der Buchmacher stand und die Firma Burgen & Brock vertrat.

Gleich darauf näherte sich Mr. Mandle Jones, der sein Versprechen gehalten und noch nicht abgeschlossen hatte. Bob faßte Campbell am Arm und trat mit ihm zusammen Jones in den Weg.

»Halten Sie mich jetzt nicht auf!« rief Mandle Jones. »Wenn Sie mir etwas sagen wollen, dann gefälligst rasch!«

»Gut, hören Sie! Burgen & Brock bieten Ihnen 4:1 – Mr. Campbell bietet Ihnen 5:1.«

Den Widerspruch, den Mr. Campbell erhob, hörte man bei dem Lärm nicht. Jones zögerte.

»Aber Sie sind doch kein Buchmacher?«

»Zweifeln Sie daran, daß Mr. Campbell Ihnen den Gewinn auszahlen wird?«

»Nein.«

Mandle Jones sah über Bobs Schulter weg zu dem wartenden Vertreter von Burgen & Brock.

»Nun, schließen Sie die Wette ab?« fragte Bob.

Jones überlegte kurz. Der Vorteil war nur zu klar.

»Gut, ich schließe ab.«

Bob Brewer streckte die Hand aus und zählte die dreißig Tausendpfundnoten nach, die ihm Mandle Jones aushändigte. Mr. Jones nickte befriedigt.

»Schön. Die Wette steht also hundertfünfzigtausend zu dreißigtausend?«

Douglas Campbell war starr vor Schrecken und vermochte überhaupt nichts mehr zu sagen. Um so eifriger benahm sich Bob.

»Ja, ja, Sie haben ganz richtig verstanden.«

Er packte Campbell am Arm und führte ihn zu den Tribünen. Der Generaldirektor war außer sich. Erst nach einer Weile faßte er sich ein wenig.

»Aber – aber, Sie sind ja verrückt!« stieß er keuchend hervor. »Mensch, wir müssen ihn doch auszahlen, wenn der Gaul gewinnt! Brewer, Sie haben mich ruiniert!«

»Geduld, mein Lieber, nur die Ruhe nicht verlieren!« redete ihm Bob zu. »Sehen Sie sich lieber die hübschen Pferde an, die drüben am Start in einer Reihe stehen. – Ah, jetzt geht's los!«

»Zehn Pferde schossen vorwärts. Bob beobachtete das Rennen durch sein Glas. Nach kurzer Zeit wußte er, daß das Schlimmste eingetreten war. Thotis war zwei Längen voraus. Das Pferd führte von Anfang bis zum Ende und gewann den Schlußgalopp mit sechs Längen.

»Setzen Sie sich, Mr. Campbell«, sagte Bob freundlich. »Ich fürchte, Sie haben einen ziemlichen Schock bekommen.«

Douglas Campbell schüttelte nur hilflos den Kopf. Mr. Jones stürzte triumphierend herbei.

»Sehen Sie, mein Pferd hat gewonnen! Campbell, alter Sportsmann, Sie sind ja ein tüchtiger Buchmacher! Also, schreiben Sie mir jetzt hübsch einen Scheck über hundertfünfzigtausend Pfund aus!«

»Nur nicht so stürmisch, junger Mann«, entgegnete Bob, »warten Sie mal ...«

»Wieso?«

»Der Jockei, der Ihr Pferd reitet, ist ein Freund von Teddy Bolter, und den kenne ich genau. Sie haben vermutlich noch nicht viel gehört von diesem Ehrenmann, der davon lebt, reichen Leuten das Geld abzuzapfen.«

»Ich will jetzt keinen Vortrag über Jockeis von Ihnen hören«, rief Jones ärgerlich.

»Kommen Sie, Brewer«, sagte Douglas Campbell matt und zerknirscht, als er endlich seine Sprache wiederfand. »Mr. Jones, ich werde Ihnen den Scheck ausstellen.«

Von der Waage her kam ein Mann angelaufen und rief etwas.

»Hallo, was ist los?« fragte Jones.

»Ich glaube, Ihr Pferd ist disqualifiziert worden, weil es nicht das richtige Gewicht hatte«, bemerkte Bob Brewer. »Ich würde mich an Ihrer Stelle einmal danach erkundigen.«

Mr. Mandle Jones lief zur Waage. Dort erfuhr er, daß Thotis disqualifiziert worden war. Eines der Bleigewichte, die man in die Satteltaschen gelegt hatte, um das Gewicht des Jockeis auszugleichen, war auf geheimnisvolle Weise verschwunden.

Später fand man das Bleichgewicht irgendwo auf der Rennbahn. Der Jockie mußte es aus der Tasche gezogen und weggeworfen haben, während er zum Schein die Sporen zurechtrückte.

»Gestern nacht bin ich noch nach Brüssel gefahren«, erzählte Bob auf dem Rückweg zum Hotel. »Dort erfuhr ich, daß das Geschäft von Burgen & Brock zu Anfang des Jahres für fünftausend Pfund an Mr. Bolter verkauft worden ist. Teddy Bolter selbst trat natürlich nach außen nie in Erscheinung. Er rechnete damit, daß ihm früher oder später ein reicher Kunde, durch den traditionellen Ruf der Firma angelockt, ins Garn gehen würde. Bolter hatte auf Umwegen Mr. Jones auf die Idee gebracht, sein Pferd in diesem Rennen einzusetzen. Ein oder zwei Mittelsmänner waren ständig für ihn tätig und vermittelten ihm die nötigen Nachrichten vom Training der Pferde. So war es auch ein leichtes für ihn, an Jones heranzutreten und ihm diese glänzende Wette anzubieten. Wenn ich nicht im letzten Augenblick dazwischengekommen wäre, hätte Bolter jetzt die dreißigtausend Pfund eingesteckt, denn die wären ihm durch die Disqualifizierung des Pferdes ohne weiteres zugefallen. Aber nun werden wir dem jungen Mann das Geld zurückgeben.«

»Ja«, sagte Mr. Campbell, »das wollen wir.«

»Verdient haben wir diesmal zwar nichts, dafür aber ein gutes Werk getan. Und Sie haben drei aufregende Minuten erlebt, die Sie so schnell nicht vergessen werden.«

»Ja, da haben Sie recht«, erwiderte Mr. Campbell und schüttelte sich in Gedanken an den ausgestandenen Schrecken.

6

Lord Heppleworth sah über die Brillenränder weg zu seiner jungen Frau hinüber, die an der anderen Seite des Tisches saß. Sie hatte so weitab als nur möglich von ihm Platz genommen.

»Liebling«, sagte ihr Gatte, »der junge Mann von der Versicherung wird pünktlich um zehn Uhr hier sein.«

Lady Gladys Heppleworth gähnte.

»Wozu kommt er?« fragte sie gleichgültig.

»Wie oft habe ich dir schon gesagt, daß du dich gewählter ausdrücken sollst! ›Wozu kommt er‹ klingt nicht gut. ›Aus welchem Grund kommt er?‹ hättest du fragen können.«

Sie sah müde aus dem Fenster und unterdrückte einen Seufzer.

»Er kommt natürlich wegen des Verlusts der großen Perle. Das ist eine mysteriöse und – ich muß schon sagen – unangenehme Angelegenheit. Ich weiß tatsächlich nicht, was ich davon halten soll.«

Der Lord war ungefähr fünfzig Jahre alt, hager und hatte blonde Haare. Er besaß wenig Humor und noch weniger Phantasie. Seine Eheschließung hatte in der Gesellschaft unangenehmes Aufsehen erregt. Gladys de Vere war Schauspielerin gewesen, sie hatte in modernen Revuen kleine Rollen gespielt, und niemand konnte verstehen, warum Lord Hepplеworth, ein verknöcherter, pedantischer Witwer, sie geheiratet hatte.

Lord Hepplеworth war mit seinem Entschluß durchaus zufrieden. Gladys jedoch seufzte unter den Fesseln. Als sie heiratete, hatte sie von Gesellschaften und Reisen in ferne Länder geträumt und geglaubt, das Leben würde für sie ein einziger Wirbel von Vergnügungen sein. Doch die graue Wirklichkeit sah ganz anders aus.

Lord Hepplеworth besaß einen Landsitz in Shropshire, wo er acht Monate des Jahres zubrachte, und ein Haus in London, in dem er während der übrigen vier Monate wohnte. Jedes Jahr verließ er die Stadt am gleichen Tag, um aufs Land hinauszuziehen, und jedes Jahr kehrte er am gleichen Tag pünktlich dorthin zurück. Er speiste jeden Abend im gleichen Restaurant und interessierte sich, wenn auch nicht allzusehr, für Bienen. Seine Spezialität war die Mason-Biene.

Lord Hepplеworth faltete die ›Times‹ zusammen und klingelte nach dem Mädchen.

»Miss Parker, hier sind drei Schnitten Schinken übriggeblieben, bitte heben Sie die zum Abendessen für mich auf.«

»Jawohl, Mylord.«

»Dann habe ich gesehen, daß vorige Woche sechs kleine Brote zusätzlich gekauft worden sind. Wie kommt das?«

»Mylady hat Brot in den Park mitgenommen, um die Enten zu füttern.«

Lord Hepplеworth runzelte die Stirn und sah seine Frau an.

»Aber, Liebling«, sagte er vorwurfsvoll, »das ist doch Verschwendung. Weißt du nicht, daß Tausende armer Kinder dankbar wären, wenn sie das Brot bekämen, das du buchstäblich fortwirfst?«

Gladys zuckte die Schultern.

»Gut, dann werde ich das Brot den Armen schicken.«

»Das ist durchaus nicht nötig. Es gibt genügend Wohltätigkeitsvereine, die sich systematisch mit der Verteilung von Gaben befassen.«

»Was soll ich dann tun?« fragte sie und drehte sich unwillig nach ihm um. »Soll ich hier den ganzen Tag stillsitzen und in den Mond gucken?«

Lord Hepplewort hob protestierend die Hand.

»Einen Augenblick, mein Liebling.« Er wandte sich an das Mädchen. »Miss Parker, Sie können jetzt gehen.« Erst als sich die Tür hinter ihr schloß, sprach er weiter. »Ich möchte dich doch bitten, dich in Gegenwart von Dienstboten zusammenzunehmen. Du hast wirklich keinen Grund, dich zu beklagen. Ich habe dir eine bedeutende Jahressumme ausgesetzt.«

»Bedeutend!« rief sie verächtlich. »Was kann ich schon mit zweihundert Pfund im Jahr anfangen?«

»Als ich in Eton auf dem College war, hat mir mein Vater fünfzig Pfund im Jahr gegeben und erwartet, daß ich davon noch etwas sparte. Das ist mir auch gelungen«, schloß er mit Genugtuung.

Es klopfte leise an die Tür, und Miss Parker trat wieder ein.

»Draußen ist ein Herr, der Mylord sprechen möchte.«

»Das muß der Mann von der Versicherungsgesellschaft sein. Führen Sie ihn herein, Miss Parker.«

Bob Brewer trat ein, verneigte sich vor Mylady und nickte dem Lord zu, den er flüchtig kannte.

»Also Sie sind der junge Mann von der Versicherung? Wollen Sie bitte Platz nehmen? Und willst du so gut sein, Liebling, Mr. ...«

»Mein Name ist Brewer.«

»Ja, ja – willst du so gut sein, Mr. Brewer zu unterhalten, während ich das Halsband hole?«

»Ich glaube, daß zuviel Aufhebens gemacht wird wegen einer verlorenen Perle«, bemerkte Gladys, als ihr Gatte hinausgegangen war.

»Handelt es sich nur um eine Perle?« fragte Bob. »Ich glaubte, es wäre ein ganzes Halsband gestohlen worden.«

»Aber nein, nur eine Perle. Soviel ich weiß, ist der Lord bei Ihrer Gesellschaft gegen Diebstahl versichert?«

»Ja, die Perlen sind bei uns für fünfundzwanzigtausend Pfund versichert. Ich nehme an, daß Sie die Polizei verständigt haben?«

»Ich glaube nicht, daß Mylord das getan hat. Er wird Ihnen alles erklären, wenn er zurückkommt. Doch, wie ich schon sagte, meiner Meinung nach wird wirklich zuviel Aufhebens . . .«

Der Lord kehrte ins Zimmer zurück, er hielt einen flachen, schwarzen Lederkasten in der Hand, den er ein wenig umständlich öffnete. Auf dunkelblauem Samtgrund lag eine der schönsten Perlenketten, die Bob je gesehen hatte.

»Diese Kette besteht – oder richtiger – bestand aus dreiundsechzig Perlen«, versicherte der Lord. »Sie sind berühmt, denn sie wurden schon von meinem Urgroßvater erworben, der unter der Regierung Wilhelms IV. Gouverneur von Madras in Südindien war.«

»Ich kenne die Geschichte«, antwortete Bob. »Ihr Urgroßvater ist mit einer Frau des Radschas durchgebrannt, und sie trug diese Halskette.«

Lord Hepplewoth räusperte sich.

»Ja, es war ein Skandal, aber wir brauchen die Sache ja nicht näher zu erörtern. Jedenfalls, hier sind die Perlen. Sie gehören zu den kostbarsten in ganz Europa, und ich lege großen Wert darauf, daß meine Frau die Hepplewoth-Perlen trägt, wenn ich mit ihr ausgehe. Ich zähle die Perlen jeden Abend, bevor wir weggehen und wenn wir zurückkommen. Vielleicht finden Sie das sonderbar, aber ich bin in solchen Dingen peinlich genau.«

»Sehr anstrengend«, äußerte Bob spöttisch.

»Gestern abend nun gingen wir wie gewöhnlich ins ›Magnificent‹, um dort zu Abend zu speisen. Ich zählte vorher die Perlen – es waren dreiundsechzig. Wir gingen ins Restaurant, Mylady hat allerdings in der Garderobe ihren Pelz abgelegt, aber sonst war ich immer bei ihr. Wir blieben etwa anderthalb Stunden. Während dieser Zeit ist niemand an unseren Tisch gekommen, mit Ausnahme des Kellners. Ich bin natürlich stolz auf den alten Familienschmuck und habe auch während des Essens verschiedentlich danach gesehen. Später holte Mylady ihren Pelz in der Garderobe, und wir fuhren im Auto nach Hause. In meiner Gegenwart nahm sie das Perlenhalsband ab. Ich legte es in dieses Etui und zählte die Perlen, aber es waren nur zweiundsechzig.«

Er warf seinem Besucher einen Blick zu.

»Nur zweiundsechzig –«, wiederholte Bob. »Selbstverständlich haben Sie die Perlen noch einmal gezählt?«

»Ja, mindestens ein dutzendmal. Es ist ausgeschlossen, daß ich mich geirrt habe. Ich kenne jede Perle des Halsbandes. Die fehlende ist eine der größten.«

Bob nahm die Kette in die Hand und prüfte sie sorgfältig.

»Seltsam. Die Schnur ist weder gerissen, noch scheint sie ausgebessert oder geflickt worden zu sein. Wie hoch ist der Wert der fehlenden Perle?«

»Zwischen siebenhundert und tausend Pfund. Es war eine der besten.«

»Könnte sie auf der Rückfahrt in den Wagen gefallen sein?«

»Nein, unmöglich«, erwiderte Lord Hepplewortb brüsk. »Das ist eine lächerliche Frage. Sie haben doch jetzt die Schnur selbst gesehen, auf der die Perlen aufgezogen sind.«

»Ja –«, sagte Bob langsam. »Haben Sie auch keine Erklärung dafür, Mylady?«

»Nein. Ich wußte nicht einmal, wieviel Perlen die Kette hatte.«

Nach diesem ersten Gespräch suchte Bob Brewer den Generaldirektor in seinem Büro auf.

»Nun, wie steht es?« fragte Douglas Campbell.

»Eine merkwürdige Geschichte. Der alte Lord ist ein ganz ehrlicher Kerl, daran ist nicht zu zweifeln.«

»Das wissen wir auch. Also, erzählen Sie schon!«

Bob berichtete, was er wußte.

»Ja, das ist alles richtig«, bestätigte Campbell. »Die Versicherungspolice ist auf dreiundsechzig Perlen ausgestellt. Wenn jetzt nur zweiundsechzig vorhanden sind, müssen wir die fehlende Perle ersetzen. Haben Sie die einzelnen Stücke selbst gezählt?«

»Ja, ich habe mir die Mühe gemacht. Der Lord zählt sie übrigens unablässig.«

»Was halten Sie von ihm?«

»Ein alter Geizkragen und Pedant. Ich könnte mir denken, daß sich seine Frau, die todunglücklich ist und sich langweilt, über den Verlust der Perle freut, nur weil es ihn ärgert und aufregt.«

Zwei Tage später kam Bob mit neuen Informationen, über die er Campbell berichtete.

»Über den Lord selbst habe ich wenig Neues erfahren. Er ist ein langweiliger, unmöglich pedantischer Kerl. Lady Hepplework hieß früher Gladys Surper. Den Bühnennamen weiß ich nicht. Ihre Eltern sind gestorben, aber sie hat noch eine Schwester und einen Bruder. Die Schwester hat es faustdick hinter den Ohren und war sogar an einem Bankbetrug in Manchester beteiligt. Obschon sie die gefälschten Papiere bei der Bank einreichte, konnte man ihr nichts nachweisen. Ihr Bruder war nicht ganz so erfolgreich. Er wurde vor zwei Jahren zu zwölf Monaten Gefängnis verurteilt.«

»Glauben Sie, daß der Bruder für das Verschwinden der Perle verantwortlich sein könnte?«

»Nein, das ist nicht anzunehmen, denn er befindet sich gegenwärtig in Australien. Er soll ein mühseliges, aber ordentliches Leben führen. Die Schwester jedoch wird auch jetzt noch von der Polizei beobachtet. Ich habe vor allem sie in Verdacht, weil sie das Juwelierhandwerk erlernt hat.«

»Das erklärt aber noch nicht den Verlust der Perle.«

»Aber vielleicht erklärt es die näheren Umstände. Wir werden sehen. Lord Hepplework hat mich heute zum Abendessen eingeladen.«

Bob traf zeitig im Haus des Lords ein. Lady Hepplework erwartete ihn im Empfangszimmer. Sie war bereits zum Ausgehen angekleidet, doch fiel ihm auf, daß sie das Perlenhalsband nicht trug. Auf seinen fragenden Blick bemerkte sie lächelnd:

»Sie sehen nach den Perlen? Lord Hepplework legt mir die

Kette erst um, wenn ich das Haus verlasse. Er ist in dieser Beziehung sehr gewissenhaft.«

»Das ist mir auch schon aufgefallen.«

Der Lord erschien mit dem schwarzen Lederetui in der Hand, öffnete es und nahm die Perlenschnur heraus. Er versuchte einen scherzhaften Ton anzuschlagen.

»Zweiundsechzig! Ich glaube kaum, daß du heute abend eine Perle verlieren wirst, wenn Mr. Brewer persönlich aufpaßt.«

»Der Wagen wartet schon.« Sie nahm ihren Abendmantel vom Stuhl und ging voraus.

Das Essen verlief ziemlich langweilig. Lord Heppleworth sprach viel, aber was er sagte, war belanglos und uninteressant. Die Lady schwieg meistens. Bob überlegte, was sie wohl denken mochte, während sie ins Leere schaute. Ab und zu spielte sie zerstreut mit den Perlen.

»Begleiten Sie mich nach Hause«, forderte der Lord Bob nach dem Essen auf. »Ich habe über die Sache gründlich nachgedacht und eine Erklärung gefunden. Ich möchte alles schriftlich niederlegen, und es wäre mir lieb, wenn Sie es durchlesen, um mir Ihre Meinung darüber zu sagen.«

Bob seufzte, als er in den Wagen stieg, und machte sich auf einen langweiligen Abend gefaßt. Als sie das Wohnzimmer betraten, ließ sich Lord Heppleworth von seiner Frau die Kette geben und zählte jede Perle einzeln nach. Plötzlich richtete er sich verstört auf und atmete schwer.

»Das ist unmöglich!« rief er aus, beugte sich über den Tisch und zählte aufs neue. »Es sind jetzt nur noch sechzig Perlen! Zwei weitere sind verschwunden!«

Schweigend nahm Bob die Kette in die Hand. Der Lord hatte sich nicht geirrt, es waren nur noch sechzig.

»Aber – aber –«, stammelte Heppleworth. »Wie ist so etwas möglich? Das ist – unglaublich!«

»Hast du dich beim Zählen auch nicht geirrt?« fragte Gladys sanft.

»Rede nicht solchen Unsinn!« fuhr der Lord auf. »Hat Mr. Brewer sie nicht auch gezählt? – Was halten Sie davon, Mr. Brewer?«

»Ich habe eine sehr einfache Erklärung«, meinte Bob. »Die beiden Perlen sind durch einen Unbekannten von der Schnur entfernt worden.«

»Das ist allerdings eine ziemlich nichtssagende Erklärung! Sie machen sich die Sache etwas leicht. Etwas Besseres wissen Sie wohl nicht?«

»Ich werde es mir bis morgen überlegen. Um zehn Uhr vormittags komme ich hierher. Mit Ihrer Erlaubnis möchte ich die Kette zu einem Spezialisten bringen, an den ich verschiedene Fragen zu richten habe.«

»Ich werde Sie begleiten«, erklärte der Lord.

»Das ist nicht notwendig. Sie können mir die Perlen ruhig anvertrauen, da unsere Versicherung den Wert ja ohnehin garantiert.«

Am nächsten Morgen erschien Bob pünktlich um zehn Uhr, nahm das Perlenhalsband in Empfang und besuchte einen der besten Juweliere Londons.

»Bitte, sagen Sie mir, ob die Schnur, auf der die Perlen aufgezogen sind, irgendwelche Ausbesserungen aufweist. Ist es möglich, zwei Perlen aus der Mitte zu entfernen, ohne die ganze Schnur aufzulösen?«

»Nein, das ist unmöglich«, antwortete der Juwelier.

»Nehmen wir aber an, daß Sie zwei Perlen aus der Mitte fortnehmen wollen – was müssen Sie dann tun?«

»Ich müßte die Perlen eine nach der anderen herausnehmen, um an die zwei heranzukommen. Darauf muß die Schnur um ein entsprechendes Stück verkürzt werden, was eine ziemlich langwierige Sache ist.«

»Wie lange brauchen Sie dazu?«

»Wenn ich sehr schnell arbeite, könnte ich es in einer Stunde schaffen. Es gibt niemanden, der das unter einer Stunde machen könnte, und ich habe jahrelange Erfahrung auf diesem Gebiet.«

»Ich danke Ihnen vielmals.«

Bob legte die Perlenschnur in den Kasten und fuhr zu Lord Hepplesworth.

»Ich habe eine bestimmte Vermutung«, eröffnete er ihm, »und wenn Sie mir gestatten, Lady Hepplesworth heute abend zum Essen auszuführen, ohne daß Sie dabei sind, kann ich garantieren, daß ich das Geheimnis aufkläre.«

Lord Heppleworth verzog den Mund.

»Es ist nicht meine Gewohnheit«, erwiderte er steif, »meine Frau abends mit einem Fremden ausgehen zu lassen.«

»Das können Sie halten, wie Sie wollen, es geht mich nichts an. Aber wenn Sie Ihre Perlen zurückhaben und weitere Verluste vermeiden wollen, gebe ich Ihnen den guten Rat, meiner Bitte zu entsprechen.«

»Es geht zwar um viel Geld, aber die Versicherung muß ja den Verlust tragen.«

»Ich kann Ihnen dies nicht bestimmt versprechen. Jedenfalls nicht, wenn Sie mir nicht Gelegenheit geben, allein mit Mylady zu speisen. Wenn Sie es verweigern, stelle ich die Untersuchung des Falles ein. In diesem Fall wird sich die Gesellschaft nicht bereit finden, den Verlust zu tragen.«

»Gut«, gab der Lord nach einer Weile nach, »ich werde Mylady von Ihrer Bitte in Kenntnis setzen.«

»Vor allem muß sie die Perlen tragen, das ist wichtig.«

Als Bob abends um acht Uhr erschien, händigte der Lord seiner Frau gerade die Kette aus. Vorher hatte er die Perlen gezählt.

»Sechzig – bitte, kontrollieren Sie selbst, Mr. Brewer!«

Bob kam zum gleichen Ergebnis.

»Was hat dies alles zu bedeuten?« erkundigte sich Lady Heppleworth, als sie zusammen im Wagen saßen. »Warum wünschen Sie, daß ich allein mit Ihnen speise? Es ist doch nichts passiert?«

»Das kann ich noch nicht sagen. Aber ich nehme an, daß Sie lebhaft daran interessiert sind, das Geheimnis aufzuklären?«

»Selbstverständlich liegt mir viel daran. Oder sind Sie vielleicht anderer Meinung?« fragte sie spitz.

Er wartete im Vestibül, bis sie ihre Garderobe abgelegt hatte, dann gingen sie zu dem Tisch, an dem Lord Heppleworth gewöhnlich abends mit seiner Frau saß. Sie benahm sich sehr reserviert und kühl.

»Lady Heppleworth, sind Sie glücklich verheiratet?« fragte Bob überraschend, als sie beim Kaffee angelangt waren.

Sie starrte ihn einen Augenblick an und wurde rot.

»Ich weiß nicht, was Sie das angeht, aber ich bin sicher, Lord Heppleworth wünscht nicht, daß Sie mir derartige Fragen stellen.«

»Sie können es ihm ruhig erzählen, wenn Sie wollen. Im Moment interessiert mich nicht, was er über mich denkt, ich frage mich vielmehr, wie er über Sie urteilen würde, wenn er alles von Ihnen wüßte.«

»Wie meinen Sie das?«

»Ich frage Sie noch einmal – sind Sie mit Ihrem Gatten glücklich verheiratet? Oder haben Sie die Absicht, Ihr jetziges Leben aufzugeben, ihn zu verlassen und sich nach einer kleinen Stadt in Australien zu begeben? Ich könnte mir denken, daß es sich dort ruhig und still leben läßt, ohne all den Ärger, den Sie hier haben.«

Sie senkte den Blick.

»Ich verstehe Sie nicht«, sagte sie leise.

»Dann will ich es Ihnen deutlicher erklären. Sie haben einen Bruder, der in Australien lebt, zu ihm wollen Sie ziehen. Lord Heppleworth gibt Ihnen nicht viel Geld. Er ist, um es geradeheraus zu sagen, ziemlich geizig, und Sie haben sich von Ihrer Ehe mit ihm etwas ganz anderes versprochen.«

»Ja, das ist wahr. Er bewacht mich wie die Katze die Maus. Vor einem Jahr, als mein Bruder nach Australien ging, konnte ich ihm nicht einmal fünfzig Pfund mitgeben.«

»Sie hätten doch einen Ring versetzen können.«

»Er zählt meinen Schmuck jeden Morgen und jeden Abend.« Sie lachte gezwungen. »Ist das nicht schrecklich? Manchmal möchte ich ihn umbringen und fliehen!«

»Wir wollen jetzt einmal über die Perlenkette sprechen! Würden Sie die Freundlichkeit haben, sie mir einen Augenblick zu geben?«

»Warum?«

»Sie haben eine Schwester, soviel ich weiß?«

Sie verfärbte sich und antwortete nicht.

»Sie ist in der Garderobe dieses Hotels angestellt und im Moment damit beschäftigt, eine Perle von der Kette zu entfernen, die Sie abgelegt haben, als Sie vorhin zur Garderobe gingen. Sie kann die Schnur so geschickt verkürzen, daß man nichts bemerkt. Ich weiß, in einer Stunde ungefähr kann man so etwas bewerkstelligen, und Sie sitzen ja gewöhnlich anderthalb Stunden hier beim Essen.«

Lady Heppleworth war noch blasser geworden und schwieg erschrocken.

»Die Kette, die Sie jetzt tragen, ist eine ausgezeichnete Imitation. Ich weiß, daß sie vor zwei Wochen in den Burlington-Arkaden besorgt wurde, wahrscheinlich von Ihrer Schwester.«

»Was soll ich tun?« fragte sie nach einigen Minuten leise.

»Ich rate Ihnen – gehen Sie jetzt zu Ihrer Schwester, fordern Sie sie auf, Ihnen die Perlen zurückzugeben, die sie entfernt hat. Um ihr die nötige Zeit zu lassen, wollen wir inzwischen ein Theater besuchen. Ich habe bereits Plätze bestellt.«

»Und was soll ich Lord Heppleworth sagen?«

»Gar nichts.«

»Ich brauche das Geld dringend«, wandte sie heftig ein. »Ich halte es bei dem alten Pedanten nicht länger aus. Meine Schwester brachte mich auf den Gedanken mit der Kette. Wir vereinbarten, das Geld miteinander zu teilen. Mit meinem Anteil wollte ich nach Australien fahren – ich muß aus dieser schrecklichen Umgebung heraus!«

Bob dachte einige Zeit nach.

»Ich glaube, daß ich zweihundert Pfund von Ihrem Gatten als Belohnung für die Wiederbeschaffung der Perlen erhalten kann. Diese zweihundert Pfund stelle ich Ihnen zur Verfügung. Fahren Sie damit nach Australien, wann immer es Ihnen beliebt.«

»Aber was soll ich wirklich Lord Heppleworth sagen?«

»Sagen Sie ihm, die Perlen wären von einer Mason-Biene entführt worden!«

7

Bob Brewer aß allein im Windsor-Restaurant zu Abend, als Douglas Campbell an seinen Tisch trat und sich ohne weitere Umstände zu ihm setzte.

»Bob, ich war eben in Ihrer Wohnung und hörte, Sie wären hier. Ich brauche Ihren Rat in einer bestimmten Angelegenheit.«

Bob machte eine weitausholende, großartige Handbewegung.

»Mein Rat ist – heiraten Sie das Mädchen!«

Mr. Campbell wurde rot vor Ärger.

»Wie können Sie nur immer so dummes Zeug reden! Es handelt sich hier um eine ernste Sache. Wir haben uns bereits, als Sie von Amerika kamen, über den Klub der Vier unterhalten . . .«

»Ja«, fiel Bob ein, »aber jetzt sind es nur noch drei Negerlein. Der arme Bill Hoy verbringt diesen Winter in Dartmoor. Die anderen drei befinden sich allerdings in Freiheit. Reddy habe ich noch vor einer Stunde hier im Lokal gesehen. In seiner Begleitung befand sich eine hübsche junge Dame, die in ihren Kreisen als Rosa Mirando bekannt ist.«

»Ein merkwürdiger Name. Hängt das mit ihrer Gesichtsfarbe zusammen?«

»Nein, durchaus nicht. Sie heißt so, weil sie eine Vorliebe für Rosa in bezug auf ihre Garderobe hat. Ich erinnere mich . . .«

»Darauf kommt es jetzt aber nicht an«, unterbrach Campbell hastig. »Ich wollte nicht über sie oder die Bande, zu der sie gehört, sprechen, sondern über die London-, Devon- und Cornwall-Bank.«

Bob zog sein Zigarrenetui heraus und reichte es über den Tisch. Campbell nahm eine Zigarre und steckte sie an, bevor er weitersprach.

»Ich habe heute den Besuch von Mr. McKay gehabt, dem ersten Direktor des Hauptsitzes. Er ist ein alter Freund von mir, wir stammen aus der gleichen Stadt.«

»Deshalb allein sind Sie wohl kaum sein Freund. Ich nehme an, Sie beide haben zusammen bei irgendeinem Schwindel viel Geld verdient. Nun, was will denn der Mann?«

»Er ist in großer Verlegenheit. Vor sechs Monaten fand er

heraus, daß der Vorsteher einer Depositenkasse viel und hoch wettete und bei einem Buchmacher verschuldet war. McKay ließ sofort die Bücher nachprüfen. Timmes, so hieß der Betreffende, zahlte einen großen Teil der veruntreuten Gelder zurück, gab seine Stellung und seinen Anspruch auf Pension und andere Vergünstigungen auf und trat aus der Bank aus.«

»Fahren Sie nur fort, Campbell!« Bob nickte ermunternd. »Ich ahne schon, daß das dicke Ende nachkommt. Sie säßen nicht hier, wenn ich nicht wieder einmal Ihre letzte Rettung wäre!«

»So warten Sie doch! Sie werden gleich alles der Reihe nach erfahren. Also, dieser Timmes verschwand von der Bildfläche. Unglücklicherweise war er über die Verhältnisse und gewisse interne Angelegenheiten der Hauptbank recht gut informiert.«

»Aber der Leiter einer Depositenkasse erfährt doch nicht viel, was für Außenstehende von Bedeutung sein könnte?«

»Timmes hatte, bevor er den Vorsteherposten erhielt, eine Vertrauensstellung im Hauptbüro und besaß Einblick in das Personalverzeichnis mit den Geheimnotizen über die einzelnen Beamten und Angestellten.«

»Er hat doch nicht etwa das Verzeichnis mitlaufen lassen?«

»Nein. Aber er besitzt ein fabelhaftes Gedächtnis. Er mußte, wie mir der Direktor versicherte, einen längeren Zeitungsartikel nur zweimal lesen, um ihn wörtlich wiederholen zu können. McKay ist überdies der Meinung, daß sich Timmes nicht nur auf sein gutes Gedächtnis verlassen, sondern zu Hause auch Notizen gemacht hat.«

»Wie kommt er darauf?«

»Timmes hat sich an die Leiter der Filialen gewandt. Aber nur an die, die in den Geheimakten als umgänglich und großzügig bezeichnet worden waren. Er bat sie, ihm Geld zu leihen, weil er sich im Augenblick in einer schwierigen Lage befände. McKay glaubt nun, daß ein Überfall auf eine ihrer Banken oder Filialen geplant werde. Er ist in großer Aufregung, ebenso die anderen Direktoren. Gestern haben sie eine Sitzung abgehalten und beschlossen, sich an uns zu wenden.«

»Wollen Sie damit sagen, daß sich das Direktorium bei Ihnen gegen Verluste decken will?«

»Ja, darauf läuft es hinaus. Es dauert drei Monate, bis der ganze riesige Apparat so umorganisiert ist, daß in diesem speziellen Fall nichts mehr zu befürchten ist. Und für diese drei Monate wollen sie sich bei uns versichern. Ich habe natürlich sofort den Aufsichtsrat verständigt. Wir haben heute beschlossen, dem Antrag der Bank zuzustimmen. Es ist eine dementsprechende Police ausgestellt worden. Die Spesen, die durch Ihre Tätigkeit entstehen, werden von der Bank getragen.«

»Da kann ich die armen Leute nur bedauern«, stellte Bob trocken fest. »Sie wären vielleicht billiger weggekommen, wenn sie ruhig einmal bei sich hätten einbrechen lassen!«

Anderntags sprach Bob lange mit McKay, einem kleinen Mann mit kahlem Kopf, der viel Nebensächliches daherredete.

»Wir wollen uns an die Tatsachen, das heißt an unsere Befürchtungen halten, Mr. McKay! Nehmen wir also an, daß Mr. Timmes, der in leitender Stellung bei Ihnen tätig war, unter den Einfluß dunkler Gesellen geraten ist und ihnen wichtige Informationen geliefert hat. Die Frage ist nur – in welche Ihrer Filialen werden die Kerle einbrechen? Sie haben, wie ich weiß, hundertachtzig Nebenstellen.«

»Glauben Sie nicht«, wandte McKay ein, »daß sie in die Zentrale einbrechen wollen? Timmes weiß viel besser Bescheid im Hauptbüro als in den Nebenstellen.«

»Das glaube ich kaum. Timmes weiß ja auch, daß Sie selbst über den Räumen der Bank wohnen. Nein, da unterschätzen Sie die Burschen, so leicht werden sie es uns nicht machen.«

»Welche Nebenstelle käme dann wohl am ehesten in Frage? Ich kann doch nicht alle hundertachtzig Filialen gleichzeitig bewachen lassen.«

»Das brauchen Sie auch gar nicht. Vor allem müßte ich die Geheimakten mit den Personallisten einsehen können. Darin ließen sich vermutlich einige Anhaltspunkte finden.«

Erst mußte eine Sitzung des Direktoriums abgehalten werden, an der lange hin und her beraten wurde, ob man Brewer Einsicht in die Personalakten geben sollte. Schließlich wurde er mit dem wertvollen Aktenstück in einen Raum eingeschlossen. McKay hatte darauf bestanden, daß keine Notizen gemacht werden dürften, doch Bob setzte sich in seiner üblichen großzügigen Weise über die Vorschrift hinweg.

Es war eine merkwürdige und in mancher Beziehung sehr interessante Lektüre. Einer der Beamten war Spiritist, ein anderer hatte einen Bruder in einer Trinkerheilanstalt, ein dritter besuchte Hunderennen. Eine Notiz bei Nr. 68 fiel Bob besonders auf:

›George Bowley. Merstham Bassett. Zuverlässiger Charakter, früher interessiert an der christlichen Jugendbewegung, später ausgetreten. Junggeselle, dreimal verlobt gewesen, häufige Liebschaften. Trinkt nur mäßig, guter Bankbeamter, eignet sich für große Landbezirke oder kleinere Städte ohne wesentliches gesellschaftliches Leben.‹

Bob machte sich kurze Notizen. Er sah das Aktenstück bis zu Ende durch und entdeckte noch verschiedene andere interessante Leute, aber er war davon überzeugt, daß Mr. George Bowley der Mann war, auf den es ankam.

Er suchte Direktor McKay auf. Nachdem sie über verschiedene Zweigstellen und Niederlassungen der Bank gesprochen hatten, erwähnte Bob die Filiale in Merstham Bassett.

»Wie spielt sich das Geschäft dort hauptsächlich ab?«

»Wir haben dort einen ziemlich großen Umsatz. Die kleine Stadt ist der Mittelpunkt eines größeren ländlichen Bezirks, fast alle Gutsbesitzer der Umgegend und der Adel von Cornwall zählen zu unseren Kunden, wodurch diese Nebenstelle eine gewisse Bedeutung erhält. Sie haben wohl Bowleys Personalien studiert, daß Sie ausgerechnet auf Merstham Bassett kommen?«

»Ja, ich bin auf ihn aufmerksam geworden. Was für ein Charakter ist er?«

»Ach, er ist ein wirklich guter Kerl. Er hat nur den einen Fehler, daß er zuviel flirtet. Neuerdings hat er sich wieder einmal mit einer jungen Dame verlobt. Ich hoffe, daß er endlich heiraten wird. Ich habe es immer gern, wenn Filialleiter verheiratet sind. Ein verheirateter Mann ist solider als ein Junggeselle. Wenn er mit dieser jungen Dame wieder nicht zurechtkommt, wird es überhaupt nie etwas mit ihm werden.«

»Ist sie hübsch?«

»O ja, sehr hübsch«, versicherte McKay begeistert. »Und sie versteht sich auch anzuziehen. Rosa steht ihr besonders gut.«

»Rosa?«

»Ja, nicht direkt rosa, es geht etwas ins Lachsrote. – Wollen Sie schon gehen?«

Bob hatte sich erhoben.

»Ja, ich fahre nach Merstham Bassett, um diesen Mr. Bowley kennenzulernen.«

Am frühen Morgen kam er in Merstham Bassett an und frühstückte in einem kleinen Gasthof.

»Sind noch andere Fremde hier?« erkundigte er sich beim Wirt.

»Ja, zwei Herren, die kamen hierher, weil sie angeln wollten. Und in der Umgebung der Stadt haben natürlich verschiedene Leute Landhäuser und Villen gemietet.«

Der Wirt zählte die Besitzer und Sommerfrischler einzeln auf, darunter auch eine gewisse Miss Kilroy.

»Ist die auch hier? Das heißt, der Name kommt mir so bekannt vor.«

»Das ist die junge Dame, mit der Mr. Bowley verlobt ist. Er ist der Leiter der hiesigen Bankfiliale. Es ist eine ziemlich romantische Angelegenheit, soviel ich gehört habe. Die beiden trafen sich vor drei Monaten in Torquay. Ihr Vater war Bankangestellter in Australien, und so spielt sich das Ganze gewissermaßen in Bankkreisen ab!«

Nach dem Frühstück schlenderte Bob durch die Stadt. Merstham Bassett bestand eigentlich nur aus einer Hauptstraße, an der die besseren Geschäfte und auch die Bankniederlassung lagen. Er betrat den Schalterraum, zeigte dem Vorsteher seine Ausweise und wurde ins Privatbüro gebeten.

»Ich habe auch einen Empfehlungsbrief von Direktor McKay, den ich Ihnen zeigen möchte.«

Der Bankvorsteher war ein gutaussehender junger Mann. Er sah sich die Papiere genau an.

»Was kann ich für Sie tun, Mr. Brewer?«

»Ich möchte Ihnen ein paar Fragen stellen. Zunächst – wohnen Sie hier im Gebäude?«

»Ja, im ersten Stock. Ich bin Junggeselle, wenigstens im Augenblick noch, und ich wohne hier gut.«

»Wo essen Sie, wenn ich fragen darf, Mr. Bowley?«

»Gewöhnlich drüben im ›König Georg‹, aber an drei Abenden in der Woche lasse ich mir das Essen in die Wohnung bringen. Der Seiteneingang für die Wohnung ist gleich gegenüber.«

Bob strich sich mit den Fingern übers Kinn.

»Wenn Sie drüben essen oder sonst ausgehen, ist dann überhaupt niemand im Haus?«

»Doch, mein Kassierer ist meist noch länger im Büro, mindestens solange, bis ich zurück bin. Wir richten es immer so ein, daß einer von uns anwesend ist.«

»So bleibt mir nur noch eine letzte Frage. Laden Sie manchmal auch Leute in Ihre Wohnung ein?«

Mr. Bowley richtete sich verärgert auf.

»Ich hoffe nicht, daß die Bank Rechenschaft von mir darüber verlangt, was ich mit meiner freien Zeit anfange? Bis jetzt habe ich keine Besuche empfangen. Wenn ich aber jemanden einlade, eine Tasse Kaffee bei mir zu trinken, geht dies schließlich keinen was an.«

»Selbstverständlich. Diese Unterhaltung bleibt ja vollkommen unter uns. Ich möchte aber auch Sie bitten, mit niemandem darüber zu sprechen, so sehr Sie die betreffende Person schätzen mögen. Ja, und jetzt können Sie mir vielleicht doch noch sagen, ob Sie in den nächsten Tagen abends Besuch erwarten?«

»Ja, meine Verlobte und ihre Tante kommen morgen abend nach dem Essen. Morgen ist Markttag, da gibt es viel zu tun, so daß ich es am Abend gern etwas gemütlich hätte. Sie glauben gar nicht, wie groß der Betrieb an Markttagen ist. Bleiben Sie länger in der Stadt?«

»Nein, ich fahre heute abend nach London zurück.«

»Schade. Ich hätte Sie sonst gern vorgestellt.«

»Vielleicht habe ich Gelegenheit, die Dame später noch kennenzulernen. Gibt es morgen außer dem Markt nicht sonst noch etwas Besonderes hier?«

»Ah, Sie haben etwas läuten hören? Ja, ein amerikanisches Syndikat beabsichtigt, hier in der Gegend Land aufzukaufen. Morgen wird der Agent erwartet. Man sagt, daß er verschiedenen Gutsbesitzern Angebote gemacht habe. Es sind bereits sechzigtausend Pfund bei der Bank hinterlegt worden, eine ziemlich große Summe. Die Landleute hier nehmen nämlich keine Schecks von Fremden an.«

»Aha.«

Bob verabschiedete sich von Mr. Bowley.

Am nächsten Morgen wimmelte Merstham Bassett von Wagen und Leuten. Der Markt war außergewöhnlich gut besucht. Die Gespräche drehten sich vor allem um das geheimnisvolle amerikanische Syndikat und den Agenten, der kommen sollte. Doch der Tag ging langsam zur Neige, und niemand erschien. Einige behaupteten schon, die ganze Sache sei nur ein Scherz gewesen, aber andere, die den Leiter der Bankfiliale gefragt hatten, widersprachen ihnen. Jedenfalls kam der Agent nicht. Mr. Bowley war ziemlich müde, als er den Bankraum abschloß. Er aß schnell zu Abend und traf noch einige Vorbereitungen für den Empfang seiner Gäste. Der Kellner vom Gasthaus ›König Georg‹ holte die leeren Schüsseln und Teller ab. Bowley begleitete ihn die Treppe hinunter, um die Tür hinter ihm zu schließen. In dieser Beziehung war er sehr gewissenhaft. Dann deckte er den Teetisch und machte es in der Wohnung so gemütlich wie möglich. Bald darauf klingelte es.

Bowley eilte hinunter, öffnete den beiden Damen und führte sie, nachdem er wieder geschlossen hatte, in seine Wohnung.

»Ach, was für eine hübsche Wohnung!« rief die junge Dame. Sie trug ein modernes Kleid in rötlichem Ton, der ihr gut stand. »Gehören die Möbel alle dir, George?«

»Selbstverständlich. Wir werden allerdings nicht hier wohnen. Ich habe schon ein Haus am Stadtrand gemietet. Mein Kassierer kann dann die Dienstwohnung haben.«

»Soll ich den Tee machen?«

»Nein, nein, das besorge ich schon.«

Ein paar Minuten später war der Tee fertig. Bowley schenkte ein.

Miss Kilroy legte ein wenig Puder auf und zog die Lippen nach. Dabei entglitt ihr der Lippenstift und rollte unter die Couch.

»Das werden wir gleich haben.« Bowley kniete auf den Boden und suchte.

Die ältere Dame nahm ein Fläschchen mit Butylchloral aus ihrer Handtasche und goß den Inhalt in Bowleys Tasse.

Der Lippenstift fand sich bald. Strahlend reichte ihn Bowley seiner Verlobten.

»Nun wollen wir aber den Tee versuchen!«

Die beiden Damen nahmen ihre Tassen.

»Wundervoll«, sagte Miss Kilroy, nachdem sie genippt hatte.

Mr. Bowley lächelte stolz und trank in großen Schlucken.

»Es ist nicht so . . .«

Die Tasse entglitt seiner Hand. Er fiel rückwärts und riß dabei den Stuhl um.

Die junge Dame erhob sich schnell, trat ans Fenster, hob den dunklen Vorhang ein wenig und ließ ihn wieder fallen.

»Geh nach unten und laß die anderen herein«, zischte sie der älteren zu. »Ich bleibe hier bei dem Kerl.«

Die beiden Männer, die in die Stadt gekommen waren, um zu angeln, standen unten schon bereit, als ihnen die Tür aufgemacht wurde. Der eine von ihnen war der gefürchtete Cris Wall. Er stieg die Treppe hinauf und betrachtete befriedigt den bewußtlosen Bankverwalter.

Rosa hatte inzwischen seine Taschen durchsucht und zwei Schlüssel in der Weste gefunden.

»Dies ist der Schlüssel zum Kassenschrank, und der größere ist für die Tür zum Büro. Also, mach schon, Cris! Ist unser Wagen auch schon gekommen?«

»Der steht am Ende der Straße.« Wall nahm die Schlüssel an sich und wandte sich an den zweiten Mann, der eine kleine, schwarze Ledertasche trug: »Du wirst die Werkzeuge nicht brauchen, Buck.«

Sie verließen das Zimmer. Rosa setzte sich in einen Sessel vor dem Kamin und beobachtete Bowley. Sie nahm eine Zigarette aus ihrem goldenen Etui und zündete sie an. Es dauerte ziemlich lange unten. Schließlich öffnete sich die Tür hinter ihr. Sie sah sich nicht um, sondern warf die Zigarette in den Kamin und erhob sich.

»Seid ihr endlich fertig?« fragte sie.

»Ja, wir sind fertig.«

Sie fuhr herum und starrte entsetzt auf – Bob Brewer.

»Ja, wir sind unten fertig, Rosa. Wir haben im Keller gesessen und auf Wall gewartet.«

Sie lief an Bob vorbei die Treppe hinunter. Es nützte nicht viel, denn das ganze Haus und alle Ausgänge waren von Polizisten besetzt.

An einem der nächsten Tage erklärte Bob Douglas Campbell die Zusammenhänge.

»Das amerikanische Syndikat, das die sechzigtausend Pfund eingezahlt hatte, war der Klub der Vier. Das Geld wurde auf der Bank deponiert, um es von dort stehlen zu können. Bei geglücktem Einbruch hätte nachher das Geld ja außerdem auf legalem Weg noch einmal abgehoben werden können. Auch jetzt ist es so, daß die Bank den deponierten Betrag jederzeit wieder auszahlen müßte. Deshalb sind sechs Beamte von Scotland Yard in Merstham Bassett, um aufzupassen. Wenn jemand einen Scheck auf das Geld des amerikanischen Syndikats präsentieren sollte, verhaften sie ihn sofort.«

»Wie geht es Bowley? Wird er sich erholen?«

»Ja. Der kräftige Schluck Butylchloral hat ihm nichts anhaben können. Aber ob sein liebebedürftiges Herz diese furchtbare Enttäuschung übersteht?«

8

»Du kannst von Reddy sagen, was du willst«, ereiferte sich Joe Crane, »aber das muß ihm jeder lassen, daß er einen scharfen Verstand besitzt.«

Tyke Sullivan brummte nur. Er war ein großer Mann mit dunklem Haar, braunen Augen und kurzgeschnittenem Bart. Seinen schmächtigen Gefährten behandelte er mit offenkundiger Verachtung.

»Ich sage dir geradeheraus«, erklärte er schließlich, »daß ich Reddy überhaupt nicht unter meinen Leuten haben wollte, selbst wenn er mir noch tausend Dollar die Woche dafür zahlte.«

»Das würde er wohl auch kaum tun«, antworte Joe Crane. »Ich behaupte nicht gerade, daß er sehr zuverlässig ist, und ich sage auch nicht, daß ich ihn persönlich leiden kann. Seine Art und Weise ist mir unsympathisch.«

Die beiden saßen am Strand von Brighton und benahmen sich wie zwei harmlose Bürger. Halb Brighton ging auf der Kurpromenade spazieren, sowohl Badegäste als auch Einwohner, denn es war ein herrlicher Morgen, und die Sonne spiegelte sich im Meer.

Tyke stieß Joe an.

»Dort kommt Reddy, du kannst ihm gleich alles selbst sagen!«

Tatsächlich kam Reddy auf sie zu. Er sah blendend aus und war nach der neuesten Mode gekleidet. Sie rückten etwas beiseite, damit er auch noch auf der Bank Platz fand.

»Wir haben gerade über dich gesprochen, Reddy«, sagte Joe. Reddy warf Tyke einen wohlwollenden Blick zu.

»Kalte Füße bekommen?« fragte er freundlich.

»Ja, so ungefähr«, gab Tyke zu. »Dieser Polizeiinspektor macht mir Sorge. Ich bin mehr für ein ruhiges Leben, seit ich in Devonshire gesessen habe.«

»Wirklich? Nun ja, ich denke auch ernstlich daran, mich zur Ruhe zu setzen.«

»Rede doch keinen Unsinn!«

»Tatsache«, beteuerte Reddy und blies ein paar Rauchringe in die Luft. »Ich fange nächstens ein Geschäft an – garantiert saubere Sache –, und wenn ihr beide euch an der neuen Gesellschaft beteiligen wollt, habe ich nichts dagegen.«

»Was soll denn das für eine Gesellschaft sein?« fragte Joe Crane neugierig.

»Schiffsreederei – eine neue Linie nach Südamerika. Natürlich nicht unter meinem Namen. Ich habe alle Anteile einer Gesellschaft aufgekauft, die ein kleines, schnelles Schiff besitzt. Es macht mit Leichtigkeit fünfzehn Knoten und fährt am siebenten nächsten Monats mit Stückgut von London nach Buenos Aires.«

»Das ist eine gute Idee«, meinte Tyke.

»Ich habe außerdem ein großes Motorboot gekauft, das im Hafen von Seaford liegt.«

»Wozu?« fragte Tyke.

»Weil ich etwas ganz Besonderes vorhabe. Und ich sage euch, damit fliegt auch dieser Brewer auf.«

»Dafür interessiere ich mich«, erwiderte Tyke. »Große Pläne sind immer etwas für mich gewesen. Kann man dabei auch Geld verdienen?«

»Ja, wenigstens etwas. Sagen wir einmal fünf Millionen Dollar.«

Sullivan holte tief Atem.

»Ich weiß, daß du keinen Unsinn redest, und ich muß zugeben, Reddy, daß mir die Idee, einmal mit Bob Brewer abzurechnen, äußerst sympathisch ist.«

Ein paar Tage nach diesen Gesprächen am Strand von Brighton saß Bob Brewer in London dem Generaldirektor der Vereinigten Versicherungsgesellschaften gegenüber.

»Ich mache mir Sorgen wegen des großen Wohltätigkeitsballs«, begann Douglas Campbell. »Es ist der Höhepunkt der Londoner Saison, und ich weiß zufällig, daß die Spitzen der Gesellschaft und all die Leute, die gern dazu gehören möchten, schon Eintrittskarten gekauft haben. Natürlich hat auch der Glückstopf seine Anziehungskraft.«

»Glückstopf?«

»Der gehört nun einmal dazu. Es ist ein großes Gefäß, und jede Dame, die eine besondere Karte löst, kann einmal hineingreifen.«

»Schrecklich kindisch!« seufzte Bob.

»Es ist nicht so kindisch, wie es klingt.«

»Kann man denn wenigstens etwas Anständiges herausfischen?«

»Ja, unter anderem ein Perlenhalsband im Wert von fünftausend Pfund!«

Bob pfiff vor sich hin.

»Das wird allerdings ziehen.«

»Natürlich gibt es auch eine Menge anderer Preise, die fast

gar nichts wert sind. Jeder bekommt ein kleines Geschenk. Das Perlenhalsband ist eine anonyme Stiftung.«

»Einen Augenblick!« wandte Bob ein. »Sie haben doch nicht etwa dieses Perlenhalsband bei sich versichern lassen? Ich meine, für den Fall, daß es gezogen wird?«

»Nein, nein, das haben wir gewiß nicht getan. Wir sind geschäftlich nicht direkt an diesem Wohltätigkeitsball interessiert. Ich habe Ihnen das nur erzählt, um Ihnen zu zeigen ... Aber Sie wissen ja, wie ich über die moderne Gesellschaft denke.«

»Ja, zur Genüge«, antwortete Bob schnell.

Er war froh, daß er sich nicht weiter um den Ball zu kümmern brauchte, denn es gab in diesen Tagen auch sonst viel zu tun. Vor allem beschäftigten ihn noch immer die drei in Freiheit befindlichen Mitglieder des Klubs der Vier, die sich in London oder in unmittelbarer Nähe der Stadt herumtrieben.

Manchmal lassen sich auf ganz banale Weise die wichtigsten Anhaltspunkte finden. Bob Brewer las an jenem Abend die Morgenzeitungen, wozu er den ganzen Tag nicht gekommen war. Er blätterte darin und kam schließlich zu den Annoncen und den weniger wichtigen Artikeln.

Unter der Rubrik ›Schiffahrt‹ entdeckte er eine Notiz, die ihn aufmerken ließ. Ein gewisser Mr. Batterby hatte den Dampfer ›Luana‹ erworben und modernisieren lassen.

»Batterby!« sagte Bob laut zu sich selbst. »Der Name kommt mir doch irgendwie bekannt vor!«

Er ging zum Safe, holte ein Notizbuch mit alphabetischem Griffregister heraus und schlug den Buchstaben R auf. Zeile für Zeile las er die verschiedenen Pseudonyme Reddys nach: Anderson, Redwood, Coleby, Marquis de Casteroux, Newbridge, Batterby – Harold Batterby!

Reddy war nicht der erste Gangster, der ein Pseudonym ein zweites Mal benutzte.

»Harold Batterby!«

Harold war tatsächlich auch der Vorname des Schiffkäufers, wie Bob telefonisch vom bisherigen Besitzer der ›Luana‹ erfuhr, der auch erwähnte, daß Batterby ein großer Mann mit grauen Haaren sei und ständig Andekdoten erzähle.

Bob beschloß daraufhin, sich die ›Luana‹ einmal etwas näher anzusehen.

Der Dampfer lag in den London Docks und wurde gerade beladen. Als Bob am Kai anlangte, stellte er fest, daß Proviant für eine lange Reise an Bord genommen wurde. Darunter befand sich eine große Zahl von Kisten einer bekannten Weinfirma in Reims. Ein Schiffsoffizier und ein Mann in einer weißen Jacke, den Bob für den Zahlmeister hielt, kontrollierten die Vorräte, die an Bord gebracht wurden.

»Nehmen Sie auch Passagiere mit?« fragte Brewer, der hinter die beiden getreten war.

Der Offizier sah sich erstaunt um.

»Nein«, antwortete er kurz. »Dies hier ist ein Frachtdampfer.«

»Sieht aber aus wie ein Passagierschiff – mit all dem Champagner an Bord!«

Der Offizier erwiderte nichts.

»Will der Eigentümer selbst eine Reise machen?« erkundigte sich Bob.

»Möglich«, sagte der Offizier und setzte in umgänglicherem, fast vertraulichem Ton hinzu: »Ich wollte, ich könnte noch zwei Monate zu Hause bleiben. Meine Frau ist krank.«

»Wann fährt der Dampfer?«

»Morgen abend.«

»Nach welchem Hafen?«

»Das ist noch ein Geheimnis. Vorerst nehmen wir irgendwo in der Nähe von Newhaven den Schiffseigentümer an Bord.«

»Haben Sie eine Ahnung, wann Sie wirklich abfahren?«

»Es wird wohl noch ein bis zwei Tage dauern. Doch warum wollen Sie alles so genau wissen?«

Bob hatte das Gefühl, daß er dem Mann trauen konnte. Reddy schien die Offiziere und die Besatzung nicht gewarnt zu haben. Wahrscheinlich fühlte er sich sicher und glaubte, daß niemand ihm auf die Schliche kommen und ihn als Harold Batterby identifizieren könnte.

Brewer zeigte seine Karte.

»Sie sind Detektiv?« fragte der Offizier interessiert. »Ist etwas nicht in Ordnung?«

»Ich möchte Sie bitten, über unsere Unterredung nicht zu sprechen. Vielleicht können Sie mir helfen. Sie brauchen sich kein Gewissen daraus zu machen, nicht im Interesse des Schiffseigentümers zu handeln. Wenn ich mich nicht sehr irre, wird er sich im nächsten Monat ohnehin vor den Geschworenen zu verantworten haben. Und Sie werden vermutlich in London bleiben können, um als Zeuge aufzutreten. Meine Gesellschaft wird Sie anständig dafür bezahlen.«

»Ich weiß nur eines –«, sagte der Offizier, »wir werden in Newhaven oder sonstwo an der Küste aufgehalten, weil der Eigentümer einen Ball geben will.«

»Einen Ball? Doch nicht etwa einen Wohltätigkeitsball?«

»Ob es ein Wohltätigkeitsball ist, weiß ich nicht, nur, daß es eine große Sache sein soll.«

Bob durchschaute plötzlich den ganzen Plan und traf verschiedene Vereinbarungen mit dem Offizier. Dann fuhr er in die Stadt zurück. Die Sekretärin des Komitees für den Wohltätigkeitsball war eine Dame, die in der Organisation solcher Veranstaltungen Erfahrung besaß.

»Wer hat eigentlich die Idee zu diesem Fest gehabt?« fragte Bob.

»Das ist ein Geheimnis, darüber kann ich leider nichts sagen.«

»Sie brauchen sich nicht zu genieren, ich weiß zufällig, daß es Mr. Harold Batterby war.«

»Wenn Sie es wissen, warum fragen Sie dann noch?« fuhr sie ihn ärgerlich an.

Um so liebenswürdiger war Bob. Er ließ die Bemerkung fallen, daß er bei den Redaktionen in der Fleet Street gut bekannt sei. Daraufhin erzählte sie ihm alles, was sie wußte.

Anschließend führte Brewer eine Reihe von Besprechungen in den Büros der Vereinigten Versicherungsgesellschaften, an denen alle möglichen Leute teilnahmen. Der Polizeipräsident schickte Beamte von Scotland Yard, und sogar die Admiralität war vertreten.

Als die ›Luana‹ am Morgen des Tages, an dem der Ball stattfinden sollte, durch den Kanal fuhr, erschienen zwei Zerstörer auf der Bildfläche und nahmen den gleichen Kurs.

Die ›Luana‹ warf in der Nähe von Seaford Anker, und die beiden Zerstörer taten dasselbe. Dieser Umstand kam dem Kapitän der ›Luana‹ etwas sonderbar vor, den zweiten Offizier erstaunte es jedoch gar nicht.

Kein Zweifel, der Ball versprach ein großartiger Erfolg zu werden. Alle Zufahrtsstraßen nach Victoria Hall waren von Autos blockiert. Langsam füllte sich der große Ballsaal mit Damen und Herren, die sechs Stunden lang der Wohltätigkeit obliegen wollten.

Reddy saß in einer der Logen, von der aus er den Saal überblicken konnte. Er rauchte eine Zigarre. Sein Begleiter, Joe Crane, war sprachlos vor Bewunderung.

»Du bist wirklich ein Genie! Niemand sonst hätte sich so etwas ausdenken können.«

»Ja, es ist große Klasse«, erwiderte Reddy nach einer Weile. »Sieh dir einmal die Smaragde der Dame dort an – ist das nichts?«

»Drüben im andern Raum soll wohl die Sache mit dem Glückstopf steigen?« Joe zeigte auf eine Tür mit dunkelrotem Vorhang. Darüber hing ein Schild mit folgendem Text: ›Glückstopf! Zutritt um 23 Uhr mit roten Karten‹.

»Jede Dame im Saal hat eine Karte«, erläuterte Reddy. »Kurz vor elf werden wir Mühe haben, sie alle in Reih und Glied zu bringen. Hinter der Tür befindet sich der kleine Saal, in den die Damen mit den roten Karten eintreten werden.«

»Woher haben sie denn die roten Karten?« fragte Joe, der nicht in die ganze Organisation eingeweiht worden war.

»Die sind am Eingang verteilt worden. Die Damen mit kostbaren Juwelen haben rote bekommen, die anderen weiße. Klar?«

Joe lachte.

»Großartig ausgedacht, Reddy! Aber was habe ich eigentlich dabei zu tun?«

»Du wartest draußen beim Auto am Seiteneingang und hilfst, die Beute an Bord zu bringen. Tyke Sullivan und ich kümmern uns um die Damen.«

»Wenn wir aber eine Panne haben?« fragte Joe ängstlich.

»Für den Fall unvorhergesehener Zwischenfälle habe ich auf dem Weg zur Südküste drei Autos postieren lassen. Die fahren hinter uns her, nachdem wir vorübergekommen sind, so daß wir immer einen Wagen zur Hand haben, was auch passieren mag. Das Schiff wartet in Seaford. Ich habe ein Telegramm vom Kapitän erhalten. Der junge Joyce fährt das Motorboot nach Portsmouth, läßt es dort und kommt mit nach Südamerika. Ich glaube, es ist alles aufs beste überlegt und vorbereitet. Aber sieh doch – die Dame dort drüben!« Er zeigte auf eine schlanke, blonde Dame im eleganten Abendkleid, die eine sehr kostbare Brillantenkette trug. »Die hat natürlich eine rote Karte bekommen!«

Viertel vor elf stellten sich die Damen unter Plaudern und Lachen in langer Reihe auf, genau nach den Nummern der roten Karten, die sie am Eingang erhalten hatten. Um elf Uhr wurden die Vorhänge beiseite gezogen, die Türflügel öffneten sich, und die Damen strömten in den kleinen Saal. Vor dem Eingang waren zuvor die Karten kontrolliert worden. Dann wurde die Tür wieder geschlossen und die schweren Vorhänge vorgezogen. Draußen ging der Tanz weiter.

Im kleinen Saal spielte sich währenddem eine sonderbare Szene ab. Reddy machte den Zeremonienmeister und erklärte, wie die Sache vor sich gehen sollte. In der großen Halle hatte inzwischen eine zweite Kapelle direkt vor dem Eingang Platz genommen und vollführte einen Heidenlärm.

»Meine Damen«, begann Reddy, »hören Sie mir jetzt bitte aufmerksam zu. Sie müssen vor allem verstehen, worum es geht. Mein Assistent legt gerade ein Tuch über den Glückstopf, wie Sie sehen –. Ja – so. Dies wäre das eine, und dies hier ist – ein Revolver!« Er hatte einen schweren Revolver aus der Tasche gezogen. »Sie werden nun alle an dem großen Behälter vorbeigehen und die Juwelen ablegen, die Sie tragen – Ihre Ketten, Ohrringe, Ringe, Broschen. Nehmen Sie sich in acht – sollte ich gefaßt werden, müßte ich zwanzig Jahre absitzen; mir persönlich aber wäre es weitaus lieber, wenn ich gleich wegen Mordes aufgehängt würde. Es kommt mir also nicht darauf an, wie viele von Ihnen ich erschießen muß. Sobald jemand den Mund auftut und um Hilfe ruft, schieße ich sofort. Auch dann, wenn Sie meinen Befehlen nicht gleich Folge leisten. Und wenn ich selbst es nicht tue, besorgen es meine Freunde hier.«

Dabei zeigte er auf eine junge Dame mit etwas harten Gesichtszügen, die neben ihm stand, und auf Tyke Sullivan, der mit dem Rücken an der Tür zur Haupthalle lehnte und in jeder Hand einen Browning hielt.

Man hörte den Angstruf einer Frau, die in Ohnmacht fiel.

»Es hat keinen Zweck zu schreien«, fuhr Reddy fort. »Vor der Tür spielt eine Kapelle, so daß man nichts von dem hört, was hier vor sich geht. In fünf Minuten muß die Zeremonie zu Ende sein. Also, los! Sie kommen zuerst!« Er winkte der eleganten blonden Dame mit der Brillantenkette. »Legen Sie Ihre Halskette sofort auf das Tuch, und zwar etwas schnell, wenn ich bitten darf!«

Die Angesprochene trat vor, nahm das prächtige Kollier ab und legte es auf das Tuch des Glückstopfs. Darauf entfernte sie sich an Reddy und seiner markant aussehenden Assistentin vorbei ein paar Schritte. Eine zweite, eine dritte Dame folgten, die ihren Schmuck ablegten. Plötzlich drehte sich die große Blonde um.

»Hände hoch, Reddy! Sobald Sie auch nur mit der Wimper zucken, sind Sie erledigt!«

Reddys Revolver polterte zu Boden. Er hob die Hände hoch. Sullivan ergab sich nicht sofort und wollte auf die blonde Dame mit der männlichen Stimme anlegen. Bevor er dazu kam, gab Bob schnell hintereinander drei Schüsse ab. Der große Sullivan brach zusammen und faßte an seinen Arm.

Dann ging alles drunter und drüber. Als die Schüsse fielen, hielten die Nerven der Frauen nicht mehr stand, und die Szene, die darauf folgte, spottete jeder Beschreibung.

Eine halbe Stunde später saß Bob, immer noch als elegante Dame gekleidet, im Büro des Chefs von Scotland Yard und rauchte eine Pfeife. Das prachtvolle, blonde Haar lag vor ihm auf dem Tisch. Neben ihm saß Douglas Campbell. Er schielte immer wieder voll Bewunderung zu Bob Brewer hinüber.

»Es ist der größte Erfolg, den wir seit Jahren gehabt haben«, versicherte der Polizeipräsident. »Und Ihnen allein gebührt selbstverständlich das Verdienst.«

»Haben Sie alle Mitglieder der Bande verhaften können?« fragte Bob.

»Ja, alle. Es war ausgeschlossen, durch die Postenkette zu entkommen. Wir haben auch den jungen Mann gefaßt, der das Motorboot nach Seaford steuern sollte.« Der Polizeipräsident blinzelte Brewer zu. »Er war übrigens gleichfalls verkleidet! Durch diesen Schlag ist der Klub der Vier ein für allemal erledigt.«

Bob sah auf sein schönes Abendkleid hinunter.

»Zwei Kammerzofen und einen Diener habe ich gebraucht, um mich anzukleiden!«

»Bob«, rief Campbell noch ganz aufgeregt, »unsere Gesellschaft wird nie imstande sein, Ihnen angemessen für das zu danken, was Sie heute abend für sie getan haben!«

»Nun, es liegt ganz bei Ihnen, dafür zu sorgen, daß es angemessen geschieht! Doch vorher bitte ich Sie, mitzukommen und mir zu helfen, das Korsett aufzuschnüren.«

GOLDMANN VERLAG

Lieferbare Ngaio Marsh-Titel

4980

4974

4986

Das Todesspiel (4990)

Bei Gefahr Rot (4968)

Der Handschuh (4934)

Der Champagner-Mord (4917)

Der Tod im Frack (4908)

Mylord mordet nicht (4910)

Fällt er in den Graben, fällt er in den Sumpf (4912)